京都大正 身代わり花嫁の浪漫菓子

卯月みか

JN229549

宝島社文庫

宝島社

目次

序章　突然の縁談

大邸宅の広間には、礼装の人々が集まっていた。

皆が祝いの宴に浮かれる中、黒振袖姿の藤島雪子《ふじしまゆきこ》は、浮かない表情で上座に座っていた。雪子の隣で招待客から酌を受けているのは、今日から雪子の夫となる、平塚嵩也《ひらつかたかや》だ。

堂々としたふるまいで招待客と会話を交わしている嵩也の横顔に、雪子はそっと目を向けた。

雪子が彼の顔を見たのは今日が初めて。すっと通った鼻筋。涼やかな目元。きりっと結んだ唇は薄い。役者のように整った顔立ちだが、自らの結婚披露宴だというのに、まなざしは冷めていた。

(この方が、今日から私の旦那様)

まだ実感が湧かない。

「そういえば、静様《しずさま》の姿をお見かけしておりませんが、どうなさったのですか?」

嵩也の遠縁だという中年の男性が、不思議そうに尋ねる。

嵩也は、

「母は体調をくずしておりまして、このたびの宴会には、失礼ながら欠席をいたしております」

と、丁寧に頭を下げた。

「そうでしたか。それは残念なことでございますね。どうぞお大事にとお伝えください」

気の毒そうな顔をする男性に、嵩也が「お気遣いいたみいります」と、もう一度軽くお辞儀をした。

(静様……というのが、旦那様のお母様なのね)

体調をくずしているとはいえ、一人息子の結婚式に姿を現さないのは、もしかして、この結婚に反対しているからなのだろうか。

深読みし、雪子の心の中に不安が広がる。

嵩也は、雪子のほうを見ようともしない。

歓迎されていないように感じ、雪子は膝に揃えていた手をぎゅっと握りしめた。

父から「平塚嵩也のもとへ嫁《とつ》げ」と命じられた時、雪子はあまりにも突然の話に動揺した。

十七歳であれば、縁談の一つや二つ、あってもおかしくはないものの、自分の立場では、そのような話は来るはずもないと思っていた。

「あ、あの……お父様。私に縁談というのは……？　それに、平塚様とおっしゃる方は、どなたでしょうか……？」

戸惑いながら尋ねると、書斎の窓から外を眺めていた父、藤島政雄《まさお》が振り返った。

「昨今業績を上げている平塚紡績の社長だ。もともとは毬江《まりえ》の縁談だったんだがね」

「毬江さんの？」

ますますわけがわからない。

毬江は藤島家の長女であり、雪子の義理の姉だ。毬江の母は政雄の正妻、喜代《きよ》。雪子の母は父の妾《めかけ》だった。

義姉《あね》より自分が先に嫁ぐというのは、順序としておかしいのではないかと不思議に思う。

「毬江に光池《こうち》家から縁談がきたんだ。光池家の利昭《としあき》君が、ぜひ毬江を妻にと望んでくださってね。毬江のほうもまんざらではないようだし、良い話なので受けようと思っている。かといって、先に話が進んでいた平塚家を蔑《ないがし》ろにするわけにはいかない。だから、雪子。お前が平塚家に嫁いでほしい」

「そんな……お父様、無理です。私が結婚なんて」

雪子はふるふると首を横に振ったが、政雄に、

「お前も、もう結婚してもおかしくない年齢だ。毬江が嫁入りしたら、次はお前だと考えていたのだよ。今回の縁談は良いご縁だと思う」

と、言い含められ、何も言えなくなった。俯《うつむ》きながら、小さな声で「はい……」と答える。政雄は雪子に歩み寄ると、ぽんと肩を叩いた。

「平塚家でしっかりやりなさい」

笑みを浮かべる政雄に一礼し、雪子は父の書斎を出た。

とぼとぼと廊下を歩く。

母が亡き後、父にはここまで育ててもらった恩がある。「嫁に行け」という父の命令に逆らうことはできない。まして、毬江の代わりだというのならば、なおさらだ。雪子が「嫌だ」と言えば、義姉は何をしてくるかわからない。

窓から月の光が差し込み、廊下に雪子の影を作る。足を止め、月を見上げる。

(私はこの家では影のような存在だから……)

重い溜め息をついた後、雪子は仮の自室に向かって、再び歩き出した。

第一章　初めて出会う旦那様

贅《ぜい》をこらした洋館の一室で、毬江はティーカップに紅茶を注ぐお気に入りの女中に向かい、しきりに愚痴をこぼしていた。

「わたくしは自由恋愛がしたいのですわ。顔も知らない殿方と結婚するなんて、ごめんですの。それなのに、お父様ったら、勝手に縁談を決めてくるのですもの」

悔しそうに親指の爪を噛み、ぶつぶつ言う毬江の前には、シュークリームやカステイラが並べられている。洋菓子を好む彼女のために、藤島邸の料理人が手作りをしたものだ。

「お母様のご実家は公家華族。その血を継いでいるわたくしが、なぜ成金の商売人に嫁がないといけないの？　わたくしの夫になる方は、わたくしに釣り合う高貴で立派な人であるべきよ。しかも、平塚というその男は仕事の鬼で、女性に冷たい人だっていう噂ですのよ。病気の母親もいるらしいわ。病人の世話をさせられるなんて、わたくし、絶対にごめんだわ！」

毬江の文句に女中が同意した。

「そうでございます。お嬢様には、もっと素晴らしいお相手がいらっしゃいます」

あきらかにおべっかだが、毬江は女中の返答に、

「やっぱりお前もそう思うわよね」

と、満足げに微笑んだ。

窓の外には藤島邸自慢の薔薇園が見えるが、秋薔薇の季節はとうに過ぎ、寂しい姿をさらしている。

部屋の暖炉がパチリと音を立てた。炎が小さくなっていることに気付き、毬江の柳《りゅう》眉《び》が逆立つ。

「ちょっと、寒いわよ。火を絶やさないで」

「は、はいっ」

部屋の隅に控えていた雪子は慌てて火かき棒を手に取った。炎を調節しようと暖炉の炭を動かすが、うまくいかない。

「何をやっているの」

毬江はイライラしたように立ち上がるとそばに歩み寄り、雪子が纏《まと》う質素な木綿の着物の襟《えり》を掴み、床の上に突き飛ばした。

「キャッ！」

「鈍くさい子」

憎々しげにそう言うと、毬江は転がった火かき棒を手に取った。袖がめくれて剥き

出しになった雪子の腕を、まだ熱の残る火かき棒で叩く。

「……ッ！」

あまりの熱さに、雪子の口から声が漏れる。

「妾の子のお前を養ってあげているのに、暖炉の火も熾《おこ》せない役立たずなんて、恩知らずもいいところだわ」

何度も何度も雪子を打ち据える。雪子の青白い腕がみるみる赤くなる。

女中は痛ましい表情で顔を背けているが、毬江を止めようとはしない。下手《へた》に口を挟めば、自分も同じ目に遭《あ》うとわかっているからだ。

激しい痛みが雪子を襲う。けれど、「痛い」「おやめください」などと言うと、毬江の機嫌はさらに悪くなるだろう。

「申し訳ございません！　申し訳ございません……！」

雪子は毬江の嵐のような癇癪《かんしゃく》が収まるまで、ひたすら謝った。

「ふん」

雪子の腕が腫《は》れ上がり、ようやく気がすんだのか、毬江が手を止めた。鼻を鳴らし、火かき棒を放り投げる。

ふと自分の足元を見下ろし、毬江は眉間に皺を寄せた。火かき棒に付いていた炭が飛び、毬江の着物を汚していた。

「あなたのせいで汚れてしまったじゃないの！」

再び怒りを爆発させ、毬江が雪子の手を踏みつけようとした時、

「大きな声が聞こえたけれど、どうしましたか？」

毬江の母、喜代が部屋に入ってきた。

「お母様。雪子が粗相《そそう》をしたので叱っていたのですわ。見て。雪子のせいでお着物も汚れてしまったの」

毬江が甘えた声で喜代に訴える。歩み寄ってきた喜代は毬江の着物を見て、目を見開いた。

「まあ！」

驚いた声を上げた後、平身低頭する雪子に憎々しげな目を向けた。

「可愛い毬江のお着物を汚すなんて生意気な子。今日は食事抜きにしましょう」

「こんな汚れたお着物なんて、もう着られないわ」

「そうね。お父様が神戸からお帰りになったら、呉服店に行って、新しいお着物を誂《あつら》えてもらいましょう」

喜代が毬江の頭を優しく撫でる。

「わたくし、お化粧品も欲しいわ」

「ええ。お父様にお願いしましょう」

母娘は楽しそうに話しながら部屋を出て行く。

女中が、先ほどまで毬江が食べていた菓子を片付け始めた。雪子はよろよろと立ち上がり、

「お手伝いします」

と声をかけたが、女中は雪子をちらりとも見ない。

拒絶の意思を感じ、雪子は彼女に一礼すると、部屋を後にした。

火傷《やけど》を冷やさなければいけない。

痛みを堪《こら》えながら水場へ向かう。ここから近いのは厨房だ。けれど、他の女中がいると気を使わせる。井戸のほうがいいだろうか。

一応覗いてみようと厨房に行くと、そこにいたのは中年の料理人だけだった。もとは華族のお邸《やしき》で働いていたらしいが、家計が苦しくなった主家から暇を出され、困っていたところ、毬江のために菓子作りが得意な料理人を探していた政雄に雇われたのだと聞いている。藤島邸で働き始めてから、まだ十ヶ月ほどしか経っていない。

今夜の食事の下準備をしていた料理人は、雪子の姿に気が付くと振り向き、気さくに声をかけた。

「おや、雪子お嬢さん。夕餉《ゆうげ》の配膳はまだ先ですよ」

「すみません、少しお水を借りられないでしょうか……」

おずおずと尋ねると、顔色の悪い雪子を見て何かを察したのか、料理人の表情が険しくなった。

「もしやまた、毬江お嬢様に何かされましたか？」

「………………」

雪子はそれには答えず、弱々しく微笑んだ。料理人が雪子の手首が真っ赤になっていることに気付き、顔色を変える。

「火傷ですか？」

「ええ……少し。私が粗相をしたものですから」

「早く冷やしてください。痕《あと》になったらいけない」

料理人が水道の蛇口を開け、桶に水を張ってくれる。

雪子はありがたい思いで腕を桶に浸した。痛みでじんじんとする。

ひどい火傷を見て、料理人は悲しみと怒りをないまぜにした表情を浮かべた。

「雪子お嬢さんも藤島家の娘なのに、なぜこんな目に遭わなければいけないのか。奥様も毬江お嬢様も鬼のようです」

「そのようなことをおっしゃってはいけません！」

雪子は急いで料理人を窘《たしな》めた。

「お継母《かあ》様と毬江さんに聞かれたら、あなたの身まで危うくなります」

かつては、喜代と毬江にいたぶられる雪子に同情し優しくしてくれた使用人もいたが、彼らは折檻《せっかん》を受けて、この邸から追い出されてしまった。現在、雪子を気遣ってくれているのは、この料理人だけだ。まだこの邸に染まってはおらず、常識と優しさを持っているのだろう。

「旦那様にご相談なされてはいかがです？」

料理人が心配そうに勧めたが、雪子は首を横に振った。

七歳の時に母を亡くした雪子を引き取ってくれた父は、藤島の家族の中で唯一、雪子に優しく接してくれる。

雪子を藤島家に迎えた際、政雄は「喜代を本当の母だと思い、毬江を姉だと思って、頼りなさい」と言ったが、妾の子である雪子に喜代と毬江はつらくあたった。喜代が、政雄と余所《よそ》の女との間にできた娘を可愛がる気持ちになれないことは雪子も理解できたし、毬江がそんな母の味方をするのも当然と言える。

二人は政雄の前では雪子を可愛がっているふりをした。

仕事で神戸や横浜への出張が多い政雄は、自分が留守にしている間に、二人が雪子を虐待していることに気付いていなかった。喜代と毬江は、雪子の着物を剥き、見えない部分に傷を負わせるのだ。

政雄のいない間、二人は雪子を屋根裏部屋に押し込み、女中以下の扱いをした。

この家で生きていくため、雪子は懸命に働いたが、喜代も毬江も何かと理由を付けては折檻をした。

雪子の体は火傷痕や傷痕だらけだ。

政雄が帰って来た時だけ、雪子は屋根裏部屋から出され、二階の洋室に移る。美しい着物を着て、藤島家の次女としてふるまうことを許される。政雄は妻と娘たちがうまくやっていると信じ切っていた。

継母と義姉の仕打ちを父に訴えようと考えた時もあったが、それを察知した二人に鞭《むち》打たれてからは諦めた。何より、安心して仕事に打ち込んでいる父に、本当のことを言えなかった。

水で冷やしていた腕の痛みが、徐々に和《やわ》らいできた。

いつまでもこうしているわけにいかない。先ほどの女中も食器を下げて来るだろうし、じきに夕餉の準備も始まる。

「ありがとうございました」

雪子は桶から腕を出すと、心配している料理人に頭を下げた。

雪子が手ぬぐいで水気を拭き取っている間に、料理人は水屋の中からカステイラの切れ端を取り出した。

「端っこですが、よかったら食べてください」

「まあ……よろしいのですか？」

「ええ」

料理人はカステイラを紙に包むと、雪子に手渡した。

「今夜いただきます」

「今度、ジンジャーケーキを焼こうと思っているんです。雪子お嬢さん、お怪我の具合がよくなったら、手伝ってくれませんか？　雪子お嬢さんは器用ですし、それにお菓子作りがお好きですから」

「でも……私がお菓子作りを手伝っていることを毬江さんに知られたら、あなたも何をされるかわかりません」

料理人の頼みを聞いて、雪子は躊躇《ちゅうちょ》した。この料理人が藤島邸に来てから、雪子は時折、彼の好意で菓子作りの手伝いをさせてもらっている。それは雪子にとって幸せな時間だったが、毬江に見つかると彼の身が危ういのではないかという恐れも抱いていた。

「大丈夫ですよ。毬江お嬢様は厨房になんて来やしません」

料理人が笑い飛ばす。

雪子は彼につられて、ほんの少し微笑んだ。

「……私でよければ、喜んで」

「あとでお庭からこっそりと蘆薈《ろかい》を採ってきます。蘆薈の液汁は火傷にいいですから」

料理人の気遣いを、雪子はありがたく思った。

その日の夜、喜代の予告どおり、雪子は夕餉を食べさせてもらえなかった。屋根裏部屋へ戻り、料理人が気遣って用意してくれた握り飯と、とっておいたカステイラを囓る。

「……懐かしい味」

幼い頃、雪子がまだ実母のもとで暮らしていた頃、母は時折、洋菓子を作ってくれた。

贅沢な製菓材料を買うのは楽ではなかっただろう。けれど、母が仕事に行っている間、寂しい思いをしている娘のために、せめてもと、してくれていたことなのだと思う。

藤島家に引き取られてからも、雪子は、代々の料理人がお菓子を作る姿を見てきた。洋菓子が焼き上がる時の甘い香りは、この家でつらい日々を送っている雪子にとって、唯一の癒しだった。

「甘いものは、人を幸せな気持ちにする。おいしいものを食べれば、生きたいと思える……」

雪子は包帯を巻いた腕に目を向け、自分にまじないをかけるようにつぶやいた。

その言葉は母の口癖だった。

そして、雪子が一人の少年に言い聞かせた言葉でもある。

幼い頃、一度だけ、母に連れられて見知らぬ男性と洋食店へ食事に行ったことがある。母はその男性と親しい様子で、終始楽しそうにしていた。

男性は雪子にも優しく声をかけ、ロールキャベージを注文してくれた。初めて食べたロールキャベージの味は、今でも忘れられない。

雪子は後に、あの時の男性が実父、藤島政雄であり、母は政雄の妾だったのだと知った。

政雄と別れ、雪がちらつく中を、母と共に二人が暮らす祇園へ帰る途中、雪子は鴨川の橋の上で一人の少年に出会った。少年は雪子よりも五歳ほど年上で、ぼろのような着物を着ていた。

思い詰めた顔で、今にも鴨川に飛び込んでしまいそうな少年を見て、雪子は繋いでいた母の手を離し、駆け寄った。

「お兄ちゃん、どうしはったんどすか？」

雪子の問いかけに、少年が反応した。虚《うつ》ろなまなざしで雪子を見つめ、暗い声で答えた。

「……ここから飛び降りようかと、考えていたんだよ」

「橋の下は川どす。飛び降りたら、お水冷たいえ。溺れてしまうさかい、飛び降りたらあかん」

雪子は、心配な表情で少年を引き留めた。

「俺には、生きている価値がない」

「どうしてそないなことを言わはんの？」

「お前は良い着物を着ている。きっと幸せな境遇にいるのだろう」

少年から憎々しげなまなざしを向けられ、悲しくなった雪子は、大事に手に持っていた金平糖の小瓶を差し出した。

「これ、あげる」

「なんだ、これは」

「お菓子。甘くておいしいんよ」

少年の手に小瓶を押しつける。政雄がお土産に買ってくれた大切な金平糖だったが、この時の雪子に惜しいという気持ちはなかった。

少年は反射的に受け取り、小瓶の中の金平糖を見て小首を傾《かし》げた。

「これが菓子なのか？　星のような形をしている」

「金平糖って言うんえ。食べてみて？」

雪子に促されるまま、蓋を開けて手のひらに出し、口に入れた少年が目を見開く。

「うまい」

「そうやろ？」

少年が喜んでくれたと思って、雪子は顔をほころばせた。少年が、もう一粒、金平糖を口に入れる。

「……うまい。世の中には、こんなにうまいものがあるのだな」

「お兄ちゃん、泣いてはるん？」

泣き出した少年を見て、雪子はおろおろとした。少年の頭を撫でようと背伸びをする。けれど、手が届かなかったのでお腹をさすった。

「おいしいものを食べると、幸せな気持ちになるんやで。そやから、お兄ちゃんも、いっぱい金平糖を食べて、元気出さはって」

一生懸命慰めながら、お腹をさする雪子のしぐさに、少年がほんの少し微笑んだ。

「……そうだな。お前みたいな子供の前で死んだら、後味が悪いな」

「死ぬ？　お兄ちゃん、死んでまうの？　あかん。ぜったいにあかんよ」

少年は雪子の前にしゃがみ込むと、小さな手を握った。

「死ぬのは、延期する」

そう言って立ち上がると、僅かな微笑みを残し、足早に橋を渡っていった。

——藤島家に引き取られ、どうしようもなくつらい時、雪子は、あの少年にかけた言葉を思い出す。

「甘いものは、人を幸せな気持ちにする。おいしいものを食べれば、生きたいと思える……」

もう一度、自分に言い聞かせるようにつぶやく。

(——だから、死んでは駄目)

藤島邸で美味しいものが食べられるのは政雄が帰宅している間だけだったが、優しい父と食卓を共にすると、母と父と三人で洋食を食べた時のことを懐かしく思い出し、もう少し生きてみようと思えた。

日が経ち、火傷の痛みが治まった頃、藤島邸の厨房から、雪子と親しかった料理人の姿が消えた。

心配する雪子の耳に入ったのは、使用人や女中たちが囁く噂。彼は毬江にひどく折檻されて、追い出されたという。彼が雪子を気にかけていることを知り、毬江が腹を立てたらしい。

(私のせいで……)

雪子は自分を責めた。自分は疫病神なのかもしれない。

再び味方を失った雪子は、それからは誰かに気にかけてもらえることもなくなり、雪子自身も誰かと親しくなることを避け、ひたすら継母と義姉の暴力に耐えた。

貴族院議員である鳳倫太郎《おおとりりんたろう》が、東京から京都へ休暇にやってきて、銀行家の光池家の別邸に滞在することになった。光池家から鳳氏歓迎の夜会に招待された政雄は、ここ数日、上機嫌だった。

(鳳議員に取り入れば、支援を受けられるかもしれない。そういえば、夜会には平塚嵩也君も来るのだったか。本来なら喜代を伴うところだが、今回は毬江を連れて行こう)

藤島家は明治の頃から海運業を営んでいる。大戦景気の波に乗り、上がった業績は、戦後不況のあおりを受け、近頃は下がりがち。そこへ、昨今めざましく業績を上げている平塚紡績から、優先的に船を回してもらえないかとの依頼が持ちかけられた。藤島汽船にとってみれば、起死回生の大きな機会だ。とはいえ、成り上がり実業家の平塚紡績からの依頼で契約を結ぶのは、自ら業績不振を示すようで、政雄の自尊心が許さなかった。けれど、大口契約は喉から手が出るほど欲しい。苦肉の策が、娘の毬江を、平塚紡績の社長、平塚嵩也に嫁がせるという案だった。娘婿の会社ならば、便宜を図っても当たり前……という体裁が取り繕える。平塚家も縁談に乗り気で、多額の支度金を用意すると言ってきた。

政雄と嵩也の間で縁談は纏まりつつあるが、毬江と嵩也は未だ顔を合わせたことがない。しかも、喜代の実家である華族の血を引いていることを誇りとしている毬江は、成金の平塚嵩也と結婚することを嫌がった。政雄としては、娘のわがままで平塚との縁談を逃したくはない。

藤島家に男子はいないが、鞠江が男児を二、三人産めば、一人を養子にもらって跡を継がせればいい。女子など、家にいても役に立たない。利のある相手に嫁がせてこそ、価値があるというものだ。

(嵩也君は男ぶりがいい。会えば毬江も納得するに違いない。それに、嵩也君にも毬江を気に入ってもらえれば、この話もトントン拍子に進むだろう)

夜会当日、毬江は政雄に連れられて、光池家の別邸を訪れた。

絢爛《けんらん》豪華な光池邸の大広間には、西の経済界の重鎮たちが集まっている。政雄は毬江に、

「ここで待っていなさい」

と告げると、人々に囲まれている鳳議員のもとへ向かった。

取り残された毬江は、一人優雅に大広間を歩き始めた。殿方の堅苦しい会話は、何を話しているのかわからないので好きではない。けれど、華《はな》やかな夜会には心が浮き立つ。

楽団が音楽を奏《かな》でている。大広間の中央では、着飾ったドレス姿のご婦人たちが、紳士にエスコートされて踊っていた。

(そういえば、平塚様も来られているのでしたわね)

結婚話が進んでいるという相手。鼻持ちならない成金の若者。

どんな顔をしているのだろう。

(きっと、田舎《いなか》くさい顔立ちだわ。ああ、嫌だ)

毬江はそっと溜め息をついた。憂い顔の美しき令嬢が気になるのか、男性たちが、ちらちらと毬江に視線を送っている。

(どの方が平塚様なのかしら。会いたくないわ。それらしい人がいたら逃げましょう)

二十二歳の青年だと聞いている。ぐるりと視線を巡らせてみたが、それぐらいの年齢の芋くさい男性は見当たらない。

大広間の隅に、ご婦人たちの人だかりができていた。中心にいるのは、やけに整った顔立ちの青年だった。役者のような華がありつつも、表情はひどく冷めていて、話しかけてくるご婦人たちを適当にいなしている。

(何、あの方。いくら素敵な外見をなさっていても、あのように無愛想では魅力も半減ね)

毬江は、無愛想な青年に冷たい一瞥《いちべつ》をくれた。一瞬、目が合ったような気がしたが、相手はすぐに視線を逸《そ》らしてしまったので、気のせいだったのかもしれない。

もし、本当に目が合っていたのだとしたら、会釈の一つも返せばいいものを。自分のように美しい令嬢を無視するなど、失礼極まりない。

毬江は不機嫌な気持ちで、つんと顔を背けた。その時、

「平塚紡績の若き社長は相変わらず人気者ですね」

毬江のすぐそばで声がした。

振り向くと、一人の青年が毬江の近くに立ち、ご婦人たちに取り囲まれている青年を眺めていた。焦げ茶色の髪に、鳶色の瞳。目元は涼やかで、凛々《りり》しい顔立ちをしている。洋装がよく似合っていて、毬江は、子供の頃に読んだ西洋の物語に登場する「王子様」を思い浮かべた。

彼の美しさに思わず息を呑んだ毬江に目を向け、青年がにこりと笑う。その優しい

笑顔に、毬江は一瞬で魅せられた。

青年は胸元に手を当て、恭しくお辞儀をした。

「はじめまして。突然のご無礼、お許しください。私は光池利昭《としあき》と申します。この会場のご婦人たちの注目を集めている平塚紡績の嵩也君にご興味を示しておられない令嬢が気になって、ついお声をかけてしまいました」

(平塚? あの方が?)

毬江は再度、女性の輪の中にいる青年を見た。彼が自分の婚約者なのだと知って驚く。

(あんなに冷たそうな方と、絶対に結婚したくないわ)

「わたくし、男性とお話をするのが苦手ですの……」

淑女ぶると、利昭は大げさに申し訳なさそうな表情を浮かべた。

「そうでしたか。不躾《ぶしつけ》にお声をかけてしまい、大変失礼致しました。あまりにも美しい方がお一人でいらっしゃったので、いてもたってもいられなかったのです。あなたのお目汚しになるようでしたら、この場からすぐに去りましょう」

「お目汚しだなんて、そんな……」

毬江は微笑むと、

「藤島毬江と申します。光池様」

と答え、ドレスの裾を摘まみ、丁寧にお辞儀をした。利昭の表情が驚きに変わる。

「なんと、藤島様のお嬢様でしたか！　お父上には、大変お世話になっています。ふふ、実は大昔、私はあなたとお会いしたことがあるのですよ。覚えておられませんか？」

笑顔で尋ねられ、毬江は考え込んだ。「利昭」という名前に、聞き覚えがあるような――

「……もしや、令子《れいこ》おばさまの……」

「はい。私の母は、毬江さんのお母様、喜代様の再従姉妹《またいとこ》です。昔、一度だけ、母と共に藤島様のお宅へお邪魔し、ご挨拶をさせていただいたことがあります」

毬江は、おぼろげな記憶をたぐり寄せた。そういえば、そのような出来事があった気がする……。

「あの時も愛らしくていらっしゃいましたが、さらにお美しくなられて……。この大広間に飾られている絵画の女神も、あなたの美しさに嫉妬していることでしょうね」

「まあ……」

最上級の賛辞に毬江は頬を赤らめた。

生演奏が止み、踊っていた紳士淑女たちが戻ってきた。

利昭が毬江に手を差し出す。

「一曲、お相手願えませんか」

毬江は「はい」と答えて、手のひらを重ねた。

楽団が次の曲の用意をしている。二人が大広間の中央に歩み出ると、緩やかで甘やかな音楽が響き始めた。

利昭はリードが上手く、毬江は軽やかにステップを踏んだ。利昭が時折、毬江に笑いかける。毬江はただ、利昭に見とれていた。

ダンスが終わり、利昭にエスコートされながら大広間の隅へ戻る。

「ここは騒々しいですね。それに、先ほどのダンスであなたの存在に気が付いた紳士たちが、しきりにこちらを気にしている。よろしければ、バルコニーでゆっくりお話ししませんか？」

利昭に囁かれ、毬江が返事をしようとした時、

「毬江、ここにいたのか」

と、無粋《ぶすい》な声が割り込んだ。近付いて来たのは父の政雄だ。

「平塚様がいらした。お前を紹介しようと思って……おや、君は光池利昭君かね？」

政雄は、毬江の隣に立つ利昭に気が付き、笑みを浮かべた。

「藤島様。お久しぶりです。今、お嬢様にダンスをお付き合いいただいたところなのです」

「そうだったのか」

　政雄が毬江と利昭を交互に見る。毬江の頬が薔薇色に染まっていることに気付き、

「おや」という顔をした。

「藤島様。できましたら、この後も、毬江さんと過ごす許可をいただけませんか？」

　利昭の言葉にかぶせるように、

「やあ、藤島君！」

　と、声がして、今度は大柄でがっしりとした体格の中年男性が歩み寄ってきた。利昭が振り向き、

「お父さん」

　と、声をかける。利昭の父親であり、今回の夜会の主催者、光池重忠《しげただ》だった。

「光池様。このたびはお招きいただき、ありがとうございます」

　政雄が丁寧に頭を下げると、重忠は毬江に目を向けた。

「こちらのお嬢さんは、もしかして、毬江さんかね？」

「はい、毬江でございます」

　優雅に挨拶をした毬江を見て、重忠が感心した表情を浮かべる。

「なんと、お美しく聡明そうなお嬢さんではないか。このようなお嬢さんが、利昭の嫁に来てくれると嬉しいのだがね」

「ははは」と笑う重忠の隣で、利昭が慌てた。

「お父さん。いきなりそんなことを言うと、毬江さんに失礼ですよ」

「わたくしごときが、利昭様のように素敵な殿方の奥様になど、もったいないお言葉。ですが、そのように言っていただけるなんて、光栄ですわ」

毬江は慎ましさを演出しながらも、はにかんでみせた。利昭に流し目を向け、にこりと微笑む。毬江の愛らしい表情に、利昭が頬を赤らめた。

二人の様子を見ていた重忠が、小さく「ほぅ」とつぶやいた。政雄のほうを向き、思わせぶりな表情を浮かべる。

「藤島君、少し話があるのだが」

「なんでしょうか？」

「あちらで話そう。毬江さん、私はここで失礼する。できれば、利昭の相手をしてやってくれないか？」

「はい、喜んで」

毬江は微笑みを浮かべたまま、重忠と政雄を見送った。

父たちが離れ、利昭があらためて毬江に手を差し出した。

「では、参りましょうか。毬江さん」

「はい」

毬江は利昭の手を取り、二人は肩を寄せ合ってバルコニーへ向かった。


光池家主催の夜会が終わってから半月後。政雄は書斎に雪子を呼び出した。

光池重忠は銀行を経営する傍《かたわ》ら、鉄鋼業や農場経営など幅広く事業を行っている実業家だ。政財界にも人脈を持っている。そんな重忠が、夜会の日、利昭と毬江の結婚を条件に、藤島汽船への融資を提案してきた。以前から、自分の後継者である利昭に、きちんとした出自の配偶者を迎えたいと考えていたらしい。

その提案に、政雄は飛びついた。けれど、今勢いのある平塚紡績との契約も惜しい。一度進めていた縁談をこちらから破談にすると、藤島家の面目にも関わる。

二兎を得るにはどうしたらいいか。政雄は名案を思いついた。ちょうどよいことに、自分には娘が二人いるではないか。一人は光池家に、もう一人は平塚家に嫁がせれば、両方の家から金を引き出せる。業績が悪化しつつある藤島汽船にとって、これ以上、良い話はなかった。

平塚嵩也に嫁ぐように命じ、雪子が書斎から出て行った後、政雄は窓から月を見上げた。平安時代に絶大な権力を握っていた貴族が「この世に自分の思うとおりになららないものはない。満月が欠けていないように、私には全てが揃っている」という意の歌を詠んだことがあるらしい。

(雪子は傷ものだが……契約の証《あかし》にはなる。藤島の名があれば、平塚は文句を言わないはずだ)

政雄の口もとに、知らず、笑みが浮かんでいた。

花嫁は、長女の毬江から、次女の雪子に――

藤島家からの申し出に、平塚家はなんら文句を言ってこなかった。

雪の降る睦月《むつき》の吉日。

雪子は平塚家へ、毬江は光池家へと嫁いでいった。

婚礼の儀と披露宴が終わった後、あてがわれた自室で、雪子はようやくほっと息をついた。黒振袖は脱ぎ、湯をいただいて、化粧も落とした。今は寝間着姿だ。

雪見《ゆきみ》障子《しょうじ》の向こう側には日本庭園が広がっている。降り続いていた雪は今はもうやんでいるが、外は一面の雪景色だった。

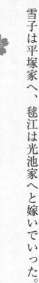

雪子はぼんやりと、披露宴の時のことを思い返した。嵩也はほとんど雪子のほうを見ず、会話も最小限でよそよそしかった。結婚相手が毬江でも雪子でもどちらでも良かったようなので、花嫁に対して興味がないのだろう。この結婚が政略結婚であることを、雪子は最初から理解していた。

実の父親が困っているのだから、娘として、できることはしたい。自分が藤島家と平塚家の架け橋になれれば、実家と会社の利益に繋がる。ならば自分は、その役目を全《まっと》うしよう。母が亡くなった後、雪子を引き取り、育ててくれた父のためにも。

ここには喜代も毬江もいない。実家での仕打ちを思えば、平塚家でどんな扱いを受けようとも耐えられる。

悲愴な気持ちで覚悟を決めていると、襖《ふすま》越しに「若奥様」と声をかけられた。

「はい」

慌てて返事をすると、襖が開いた。廊下に座っていたのは、ふっくらとした体型の、三十代前半ぐらいの女中だ。彼女は雪子に向かって丁寧に頭を下げると、「サトにございます」と名乗った。

「今から旦那様のお部屋にご案内いたします」と言われ、どきっとする。

（今日は初夜なのだわ……）

夜の作法は、なんとなく知っている。

(でも……)

雪子は寝間着の上から、自分の腕に触れた。この体は傷だらけだ。嵩也が見れば、どんな顔をするだろう。

(きっと醜いとお思いになるに違いないわ。こんな嫁をもらうはずではなかったと、離縁されてしまうかもしれない)

それだけは避けなければいけない。

(どうしたらいいの……)

途方に暮れている雪子を、サトが不思議そうに見つめている。

「若奥様？」

「あ……ごめんなさい。すぐに参ります」

考えが出ぬままに、雪子は立ち上がった。サトに案内されて、嵩也の部屋へと向かう。

嵩也の部屋は、雪子の部屋からそれほど離れてはいなかった。雪子とサトは廊下に膝をついた。襖の前でサトが、

「旦那様、若奥様をお連れしました」

と、声をかけると、中から応えがあった。

「そうか」

「失礼いたします」

サトが丁寧に襖を開ける。

十二畳ほどの和室は、すっきりと片付けられていた。雪子の部屋と同じく、庭に面している。床の間には南天が活《い》けられており、鮮やかな赤色が目を引いた。

何か書き物をしていたのか、文机《ふづくえ》の前に座る嵩也は万年筆を握っていた。宴席では上げていた髪を下ろし、くつろいだ格好をしているが、表情は相変わらず凛《りん》としていて隙がない。

雪子が廊下でじっとしていると、嵩也が怪訝《けげん》そうに振り向いた。

「何をしている。入りなさい」

一礼し、部屋に足を踏み入れる。雪子が部屋に入ったのを見届け、サトが襖を閉めた。足音が去って行く。

取り残され、どうしていいのかわからず立ち尽くしていると、嵩也が万年筆を置いて、体ごと雪子のほうを向いた。

「何を固まっている」

「あ……申し訳ございません」

雪子は、おずおずと嵩也のそばへ近付いた。目の前に正座をする。

夫の顔を見て、雪子はあらためて「美しい顔立ちの方だ」と思った。黒い瞳が、雪子をじっと見つめている。

「本日より、どうぞよろしくお願い申し上げます」

畳に両手を付いて深々と頭を下げた雪子に向かい、

「言っておくが」

と、嵩也が口を開いた。

「俺は仕事が忙しい。今後も、お前にかまっている暇などない。好きなようにふるまえばいいが、俺の仕事の邪魔だけはするな」

ぴしゃりとそう言われ、雪子は息を呑んだ。

はっきりとした拒絶に、何も言えない。

雪子はおどおどしながらも、かろうじて「はい」と答え、もう一度頭を下げた。

「かしこまりました」

雪子の返事に満足したのか、嵩也は鷹揚《おうよう》に頷くと、ひらりと手を振った。

「ならば、お前は先に寝ていろ」

「……？」

どういう意味なのだろうと、小さく首を傾げる。

嵩也は焦れたように、二組敷かれた布団の片方を指差した。

「不本意だが、夜ぐらいは一緒にいないと、家の者たちが怪しむ。俺はまだ仕事があるから、お前は勝手に寝ておけ」

雪子は目を丸くした。婚礼後の初めての夜でさえ、嵩也は仕事をすると言う。

嵩也は雪子に背を向けると、文机に向き直った。書き物を再開する。

雪子はしばらくの間、嵩也の背中を見つめていたが、彼が集中し始めた様子だったので、静かに立ち上がり、布団へ向かった。

片方の布団に潜り込む。

(今日から、ここで暮らしていくのだわ)

嵩也の背中から天井へ視線を移す。

無愛想な夫。そして、姿を見せない姑《しゅうとめ》。

雪子は不安を感じながら、目を閉じた。


翌朝、物音が聞こえ目を覚ますと、嵩也がシャツに着替えていた。一瞬、自分が今どこにいるのかわからず、ぼうっとした後、嵩也の、

「起きたか」

という言葉で覚醒した。雪子は飛び起きると、畳の上に正座し、両手をついた。

「おはようございます、旦那様。申し訳ございません……！」

新婚一日目に朝寝坊をし、夫が身支度を整える音で目を覚ますなど、考えられない。

（実家ではこのようなことはなかったのに……！）

藤島家では誰よりも早く起き、邸の用事をこなしていた。

昨夜はなかなか寝付けなかったものの、知らぬ間に熟睡していたようだ。平塚家に来て緊張し、自分が思う以上に疲れていたのだろうか。

どれほど叱責《しっせき》されるかと身を固くしていたら、

「俺はもう出社する。お前は好きにしておけ」

嵩也にあっさりとそう言われ、雪子は拍子抜けした。

嵩也は雪子に目も向けず、慣れた手つきで手早くネクタイを結んでいる。雪子は慌てて立ち上がると、衣桁《いこう》に掛けてある背広を手に取り、広げた。気が付いた嵩也が、袖に腕を通す。

身だしなみを整えた嵩也は、

「行ってくる」

と、襖に手をかけた。

見送らねばと、雪子は夫の後に付いて行こうとしたが、手のひらで止められた。

「その格好で玄関へ来るつもりか？　お前のことは家の者に頼んである。朝餉《あさげ》も用意させているから、後で食べろ」

「あ……申し訳ございません……」

雪子は赤くなって頭を下げた。嵩也の言うとおり、乱れた寝間着姿で玄関へ出るわけにはいかない。

妻として夫を見送ることもできず、情けない気持ちになる。自己嫌悪に陥っていたら、嵩也が振り返った。

「婚儀の疲れが出たんだろう。今日はゆっくり過ごせばいい」

「……！」

表情は冷ややかなままで口調も素っ気なかったが、嵩也の優しさを感じ、雪子の胸中が温かくなった。

（旦那様は、それほど冷たい方ではないのかもしれない……）

嵩也が出勤し、別室で朝餉をとった後、手持ち無沙汰になった雪子は、邸の中をうろうろし始めた。

平塚邸は平屋の和風邸宅で、母屋《おもや》と離れで成り立っている。部屋数が多く、入り組んでいて、迷子になりそうな造りだった。

掃除をしているサトと出会ったので「私にも何かお手伝いできることはないですか？」と尋ねると、「若奥様のお手を煩《わずら》わせるなんてとんでもない！」と断られてしまった。

困ってしまい、今度は台所を探す。

（お料理のお手伝いなら、できるかもしれないわ）

平塚邸の台所は、昨夜のような宴席にも対応できるほど、広く設備も充実していた。半分は板床で、半分は土間《どま》になっている。近頃流行《はや》りの立式の台所で、板床部分には、配膳台や水屋《みずや》、置棚などが置かれている。土間の部分には、竈《かまど》と七輪、肉類の蒸し焼きやお菓子などが焼ける料理ストーブ、氷で庫内を冷やす氷冷蔵庫があった。広い調理台は使いやすそうだ。流しには蛇口が付いている。水道が引かれているのだろう。

（素敵なお台所だわ）

紅茶党の藤島家にはなかった珈琲炒《い》り器や珈琲挽《ひ》きが目に入り、雪子は興味を引かれた。

二人の女中たちがおしゃべりをしながら昼餉の準備をしている。

一人は痩せ体型だが美しい顔立ちをした、歳の頃二十代前半の女中。もう一人は頬にそばかすがある十代後半の女中だ。

「ふみさん。奥様は今朝も、ほとんとお食べになりませんでしたね」

「そうね、ミッちゃん。もしかすると、昼餉《ひるげ》もお召し上がりにならないかもしれないわね……」

「このままだと、お体が弱ってしまう一方ですし、心配です……」

（奥様？　もしかして、旦那様のお母様のことかしら）

雪子が台所の入り口で女中たちの話に耳を傾けていると、気配を察したのか、ふみと呼ばれた女中が振り返った。雪子の姿を見つけ、目を丸くする。

「若奥様！　どうしてこのようなところに？」

「お仕事の邪魔をしてしまって、ごめんなさい。あの……奥様というのは？」

驚いている女中たちに尋ねると、

「嵩也様のお母様の静様です。お体が弱くていらっしゃるので、静かな離れで過ごしておられます」

ふみがそう教えてくれる。

「そうなのですね。先ほど、昼餉のお話をされていましたが、これから、静様のところへ運ばれるのですか？」

「え、ええ。はい」

頷いたふみに、雪子は思い切って頼んだ。

「ならば、そのお役目、私にさせていただけないでしょうか」

「若奥様が？」

ミッちゃんと呼ばれていた若い女中が驚いた顔をする。

「若奥様のお手を煩わせるわけには……」「そうです！」と慌てる女中たちに、雪子は頭を下げた。

「私はこの家に嫁いで参りました。旦那様のお母様である静様にご挨拶をしたいのです」

女中たちは顔を見合わせた。「どうしたものか」と迷っているようだ。

「お願いします」

雪子がもう一度頼むと、ふみは、

「それなら、お願いします」

と、遠慮がちに答えた。

若い女中もぺこりと頭を下げる。

「すみません、若奥様。ありがとうございます」

「では、お料理のお手伝いをします」

懐から襷を取り出し肩にかける雪子に、ふみがはっとした表情を向ける。

「申し訳ありません。まだ名乗っておりませんでした。ふみと申します」

「私はミツです！」

ミツは溌剌《はつらつ》とした笑顔で名前を言った。

「ふみさん、ミツさん。これからどうぞよろしくお願いします」

雪子が微笑みかけると、二人の女中はほっとした様子で顔を見合わせた。

「こちらこそ、至らない部分もあるかもしれませんが、よろしくお願いいたします」

「若奥様のお世話、一生懸命しますので、なんなりとお申し付けください！」

三人はお互いにお辞儀を交わした。

ふみとミツと一緒に昼餉を作り、膳を整えると、雪子は離れにいるという静のもとへ向かった。母屋は人が多く、何かと騒々しいので、病弱な静は静かな離れで暮らしているらしい。

日本庭園の中に建つ離れの玄関に上がり、草履を脱ぐ。

「お邪魔いたします」と襖の前で声をかけると、静の側仕えの女中が出てきた。年の頃は四十代半ば。マツという名だと、ふみから聞いている。僅かだが医療の知識もあり、よく気の付く女中とのことだ。

「お義母様にお食事をお持ちしました」

雪子が用向きを告げると、座敷から柔らかく細い声が聞こえた。

「マツ、誰か来たの？」

「奥様。新しくいらした嵩也様の奥様が、お食事を運んでいらっしゃいました」

「まあ、嵩也の？　入っていただいて」

マツが雪子の来訪を教えると、少し驚いたような声が戻ってくる。マツは雪子に「どうぞ」と笑顔を向け、座敷の襖を開けた。

膳を捧げ持ったまま座敷へ入ると、中央に敷かれた布団の中に、四十代半ばぐらいの女性が横になっていた。美しい人だが、痩せ細っていて顔色が悪い。

(この方が、お義母様?)

マツが雪子から膳を受け取った。雪子は静のそばへ近付くと正座をし、丁寧に頭を下げた。

「このたび嫁いで参りました、雪子と申します」

「雪子さん、はじめまして。私は平塚静。嵩也の母です。昨日は、二人の婚儀に出られなくてごめんなさいね。数日前から体調が優れなくて、起き上がれなかったの」

そう言いながら半身を起こそうとする静を、雪子は慌てて支えた。

静は「ありがとう」と言って雪子を見上げると、

「こんなに素敵なお嬢さんが嵩也のところへ嫁いできてくれて嬉しいわ」

と、微笑んだ。嫌みの一片たりともない、心からの言葉に、雪子の胸が熱くなった。

「お食事を運んできたのですが、お召し上がりになられますか?」

静の顔を覗き込み、問いかける。静はマツがそばに置いた膳を見て、首を横に振った。

「奥様、少しでもお体に入れないと、お力が付きません」

マツが心配そうな表情を浮かべたが、静は、

「食欲がないの」

と、答えた。マツが落胆し、助けを求めるように雪子を見る。

「お義母様。今日の昼餉は、お義母様が食べやすいようにと、ふみさんとミツさんが魚の身をすり下ろして作った真薯《しんじょ》です。お出汁《だし》をひいた鰹節も、最上級のものを使っているのだとお聞きしました。少しでも、お召し上がりになりませんか？」

雪子も一生懸命勧めたが、静は、

「いらないわ」

と、拒否し続けた。

結局、静は昼餉に手をつけなかった。

肩を落とし、膳を手に座敷を出た雪子は、離れの外まで見送りにきてくれたマツに問いかけた。

「お義母様は、いつもあのように食事をお召し上がりにならないのですか？」

マツは心底困った様子で頷く。

「はい。もともと食の細い方で、お食べになったりならなかったり……」

「そうなのですね。どういうものだと、口にしていただけるのでしょう？」

「口当たりの良いものなどはお召し上がりになることもありますね」

マツは溜め息交じりにそう言った後、雪子に向かって深く頭を下げた。

「奥様は塞ぎがちなのです。旦那様は、お仕事がお忙しいですし、若奥様、よろしければ、たびたび、奥様のご様子を見にいらしてくださいませ」

マツと別れて母屋へ戻りながら、雪子は思案した。

(口当たりの良いものなら、食べてくださるかもしれないのね……)

真薯も口当たりがいいと思ったが、それでも食べてもらえないとなると、何がいいのだろう。

台所へ戻ると、全く手をつけられていない膳を見て、女中たちが肩を落とした。雪子が「力になれなくてごめんなさい」と謝ると、ふみとミツは慌てて両手を横に振った。

「若奥様はお気になさらず！」

「そうです。私たちがもっとおいしいものを作ることができたなら……」

心から静を慕い、心配している様子に胸が痛くなる。

悲しそうに膳を見つめている女中たちに、雪子はせめてもと声をかけた。

「そのお膳、私がいただいてもよろしいでしょうか」

女中たちが慌てて止める。

「このような残り物を若奥様に……。温かいものをお作りしますよ」

「作りたてのほうがおいしいです！」

雪子は「いいえ」と、笑顔を向けた。

「かまいません。せっかくお二人が心を込めて作ったお料理ですもの」

無駄にすることなどできない。

女中たちと話をしていると、籠を抱えた下男が勝手口から台所に入ってきた。籠の中には食材が入っている。今日の夕餉や明日の朝餉の食材なのだろう。

ミツが籠を受け取り、下男に礼を言う。何が届いたのだろうと籠を覗き込んだ雪子は、野菜や鶏肉の他に、卵と砂糖と瓶入りの牛乳を発見し「あっ」と声を上げた。

（あのお料理なら、もしかしたら……！）

「すみません、その卵とお砂糖と牛乳、分けていただけませんか？　それから、あと――」

ないかもしれないと思いながら尋ねた食材は、意外にも平塚家の台所にあった。

昼餉を終えると、雪子はさっそく調理に入った。

鶏卵を丼鉢に割って掻き混ぜ、砂糖と牛乳を混ぜ込む。そして運良く備えられていたバニラエキスを、壺の中から一匙《ひとさじ》掬《すく》い取って加えた。これは嵩也が、輸入食材を取り扱う会社を経営している知り合いからもらったものらしいが、平塚家の女中たちは使い道がわからず、持て余していたそうだ。

雪子は、混ぜ合わせた卵液を篩《ふる》いでこしながら別の丼鉢に移し、さらに焼き皿へ移し替えた。それを少量の水を張った天板の上に乗せ、料理ストーブの中へ入れる。上火を強くして三十分ほど蒸し焼きにする。

雪子の手際を、女中たちが興味津々《しんしん》の表情で見つめている。

「そろそろ、よいかしら」

雪子は、料理ストーブを開けると、注意しながら天板を取り出した。焼き皿の中で、卵液が綺麗に蒸し上がっている。

「若奥様、これは、なんというお料理ですか？」

ミツが雪子に問いかける。

「卵を蒸した、カスタードというお菓子です」

雪子の説明に、女中たちが感心したように「へぇ〜！」と声を上げた。

雪子は大匙を手に取ると、焼き皿からカスタードを掬い取り、小さな器によそった。女中たちに器を渡し、

「味見をしてください」

と勧める。カスタードを口にしたふみとミツは目を輝かせ笑みを浮かべた。

「まあ！　おいしい！」

「茶碗蒸しのようなのに、甘いです。ぷるぷるしていて、舌触りがいいですね！」

「お義母様も甘くて食べやすいと思うのですが、どうでしょうか」

雪子の言葉に、ふみとミツが頷く。

「はい、とても食べやすいです。卵は滋養があるといいますので、よいと思いますわ」

「きっと奥様も喜ばれます！」

女中たちに太鼓判を押され、雪子は、いっとう美しい器にカスタードをよそうと、木製の匙を添えてお盆に載せた。

離れの静のもとへ向かう。

マツに「お菓子を作ってきました」と話し、再度、静の部屋に入れてもらう。静は横になっていたが、雪子の顔を見ると半身を起こした。

「雪子さん、また来てくださったの？」

「お義母様。おやつをお持ちしました」

微笑みを浮かべて、雪子は静のそばに腰を下ろした。

「おやつ？」

小首を傾げた静に、雪子がお盆を示す。

「卵と牛乳で、カスタードというお菓子を作りました。甘くて、つるりとしていて食べやすいので、お義母様にも召し上がっていただけるのではないかと」

「作った？　あなたが？」

静が目を丸くして、雪子を見る。

「はい」

雪子は驚いている静に向かって、にこりと笑いかけた。その笑顔にほだされたのか、静がカスタードに興味を示した。

「あなたが作ったお菓子……どのようなものなのかしら」

「どうぞ、お召し上がりください」

雪子は匙と器を静に差し出した。受け取った静は、じっと器の中を見つめた後、匙でカスタードを掬い取った。口に入れ、「まあ」と頬を緩める。

「おいしいわ……！　この甘い香りは何かしら？」

「バニラエキスの香りです。旦那様が、お知り合いの方からいただいてきたものだとお聞きしました」

「まあ、嵩也が？　ふふ、あの子、あれで変わったものが好きなのよ」

静が楽しそうに笑う。雪子に顔を向けると感心したように褒めた。

「あなたは、お料理がお上手なのね」

カスタードを食べきり「ごちそうさま」と手を合わせた静を見て、雪子とマツは顔を見合わせ、ほっとした。食べ物を体に取り入れたためか、静の頬に、ほんのりと赤みが差している。

離れを出て母屋に戻ろうとした雪子に、マツが深々と頭を下げた。

「若奥様。ありがとうございます。奥様が少しでも召し上がってくださって安心しました」

「マツさん、またお見舞いに参ります」

雪子はマツに頭を下げると、空《から》になった器を手に、母屋に向かった。

夕食時になり、嵩也が帰宅した。「おかえりなさいませ」と出迎えた雪子に外套を渡し、嵩也はまっすぐに離れへ向かった。

雪子が女中たちと一緒に夕餉の支度を整えていると、嵩也が戻って来て、

「お前、今日、母上に菓子を持って行ったそうだな」

と、雪子に声をかけた。

「あ……はい」

叱られるかと思い、びくびくしながら返事をし、食卓の椅子に腰を下ろした嵩也に深々と頭を下げる。

「差し出がましいことをいたしました。申し訳ございません」

謝る雪子に、嵩也が呆《あき》れた視線を向ける。

「なぜ謝る？　母上は、お前の菓子がおいしかったと言っていた」

静が喜んでくれていたと聞き、雪子の胸の中が温かくなった。ほっとして、口もとをほころばせた雪子を、嵩也が見つめている。

夫の視線を感じ、どきっとする。整った顔を向けられると、緊張してしまう。

「お前は、藤島汽船の令嬢だろう。母御《ははご》は華族の血筋だとも聞いている。そんなお前が、菓子作りが得意だなどと、意外でしかない」

不思議そうに問われて、雪子は小さくなった。

（私は華族の血をひいてはおりません……。妾の娘なのです）

心の中で否定する。真実を口に出せるわけがない。藤島の正妻の子ではないと知られたら離縁されてしまうかもしれない。

萎縮している雪子を見て、嵩也が溜め息をついた。

「俺はお前に好きなようにふるまえばいいと言った。迷惑をかけないのなら、菓子でも料理でも、いくらでも作ればいい」

（許可をくださった……？）

膳の前で箸を取った嵩也を見つめる。ぼうっとしている雪子に気が付き、嵩也が顔を上げた。

「お前は食べないのか？」

「ご一緒してもよろしいのですか……？」

疎《うと》まれていると思っていたので、意外なことを言われて驚いた。

「かまわない」

雪子は慌てて自分の膳を整えると、嵩也の向かい側に座った。

「いただきます」と手を合わせる。

嵩也との会話はなかったが、雪子は初めて、ほんの少しだけ嵩也との間に夫婦らしさを感じた。

第二章　平塚家での生活

夫婦らしいことは何もなくとも夜は同じ部屋で寝て、朝餉をとった後、着替えを手伝い、出勤する嵩也を玄関で見送るというのが、雪子の日課になった。

毎朝、嵩也を迎えに来るのは、秘書の多岐川時史《たきがわときふみ》だ。嵩也に負けず劣らず背が高く、理知的で整った顔立ちをしている。必要以上には喋らないので、雪子はまだ彼と「おはようございます」「ごくろうさまです」「いってらっしゃいませ」ぐらいしか会話をしたことがない。にこりとも笑わないので、雪子は、きっと多岐川に、平塚紡績の社長夫人として相応《ふさわ》しくないと思われているのだろうと落ち込んでいた。

「行ってくる」

「いってらっしゃいませ」

畳に指をついて頭を下げ、雪子は、嵩也と多岐川を見送った。

表門の前に停められていた自動車に歩み寄ると、多岐川が後部座席の扉を開けた。嵩也は車に乗り込むなり、書類を取り出した。運転席に座った多岐川がその様子を見て、渋面を浮かべる。

多岐川がこちらを見ていることに気付き、嵩也は顔を上げた。

「なんだ？」

怪訝な顔をして問いかけると、多岐川は「失礼しました」と謝った後、

「社長は、一体いつ休んでおられるのかと心配になりまして。ちまたでは『平塚紡績の若社長は仕事の鬼』だとか『業績を上げることにしか関心のない冷血漢』だとか、散々な言われようですから」

と、歯に衣《きぬ》着せぬことを言った。

「言いたい奴には言わせておけ。俺だとて、家に帰れば休んでいる」

「左様でございますか。可愛らしい奥様がいらしたのですから、家では仕事のことはお忘れになってくださいね」

多岐川の言葉に、嵩也は不機嫌な気持ちで溜め息をついた。

「めずらしく喋ると思ったら、俺をからかいたいのか？　あの娘は、藤島汽船と縁を結ぶために娶《めと》っただけだ。それ以上でもそれ以下でもない」

「そのお言葉は、とても社長らしくはありますが……」

多岐川はまだ何か言いたそうだったが、嵩也が「早く出せ」と促すとエンジンをかけた。

嵩也の乗った車は、平塚紡績の本社に向かって走り出した。

嵩也が出勤した後、雪子はさっそく邸の掃除を始めた。

（平塚家にお世話になるのですもの。私もお役に立ちたい）

桶に水を汲んできて雑巾を絞り、床を拭いていると、サトが飛んで来た。

「若奥様！　床拭きなど結構です！　私どもがやりますので！」

雪子の手から雑巾を取り上げようとしたサトを手のひらで制し、にこっと微笑みかける。

「サトさん。私にも家事をお手伝いさせてください」

「ですが……」

「お部屋に一人で籠もっていても暇なのです。私を助けると思って」

「若奥様」である雪子に頼まれて、サトは強く断れなかったようだ。渋々といった表情で溜め息をつく。

「わかりました……」

「ありがとうございます」

「ですが！　若奥様お一人にはお任せしません。私も一緒にお掃除をしますので！」

サトが、ずいっと雪子に顔を近付ける。雪子はサトの勢いに一瞬きょとんとしたが、すぐに雪子の負担を減らすために言ってくれているのだとわかり、素直に「はい」と頷いた。

サトと一緒に床掃除に励み、あらかた綺麗になると、二人は掃除道具を片付け、台所へ向かった。台所では、ふみとミツが昼餉の用意を始めている。

「ふみさん、ミツさん。お手伝いします」

雪子が声をかけると、二人はぎょっとして振り向いた。

「ええっ？　若奥様が？」

「そんな、恐れ多い！」

ふみが目を丸くし、ミツが慌てて両手を横に振る。

「大丈夫です。私、お料理は得意なのです」

「そういう問題ではないような……」

戸惑うふみに、サトが苦笑を向ける。

「若奥様は、お部屋に一人で籠もっているとお暇で気が滅入《めい》るみたいですよ。さっきも、私と一緒に廊下の床拭きをしてくださったんです」

「床拭き！」

ミツが仰天したように大きな声を上げた。平塚家の女中の中で一番若いミツは愛嬌があり、表情がよく動く。ミツの様子が可愛らしく、雪子は「ふふっ」と笑った。

「そういうことでしたら、若奥様、お手伝いいただけますか？」

諦めたように微笑むふみに、雪子は「ありがとうございます」とお礼を言った。

女中たちの仲間に加わり、手際よく海老芋《えびいも》を剥き始めた雪子の手もとを、ふみが感心したように見つめている。

「若奥様、器用ですね」

「そうでしょうか？」

あっという間に一つ剥き終わり、次の海老芋に手を伸ばす。隣で出汁をとるミツが雪子に純真なまなざしを向け、感動したように言った。

「華族の血をひくお嬢様が、お嫁様としていらっしゃるとお伺いしていたのに、若奥様はお料理上手ですごいです」

（お料理は藤島の家でもやっていたから……）

女中働きをしていたので、家事ならなんでもこなせるのだ。けれどそのようなこと、平塚家で話すわけにはいかない。

雪子は曖昧《あいまい》に微笑むと、

「ミツさん、お湯が沸騰していますよ」

と、注意した。ミツが慌てて竈から鍋を下ろす。

四人で仲良く昼餉を完成させると、雪子は静の分を膳に載せ、離れへ向かった。

玄関で声をかけると、マツが出てきた。マツは基本的に離れに詰めていて、静の身の回りの世話をしつつ、病状が急変しないように見守っているのだそうだ。

「奥様。若奥様がいらっしゃいました」

マツに案内されて座敷に入ると、綿入れを羽織った静は文机の前に座り、書き物をしていた。今日は気分が良いのか、比較的顔色がいい。

雪子は膳を置き、

「お義母様。お食事をお持ちしました」

と、声をかけた。

静が振り向き、笑みを見せる。

「雪子さん。今日もいらしてくださったのね」

「何をお書きになっていらっしゃったのですか？」

気になって尋ねると、静は儚《はかな》げに微笑み、筆を置いた。雪子のほうへ向き直り、膝に手を揃えて背筋を伸ばす。

「私が死んだ後の希望について書いていたの」

「えっ……」

思いがけないことを言われ、雪子は息を呑んだ。

「葬儀や、財産などのことをね。亡くなった主人には兄弟が多いから、しっかり書いておかないと、ややこしいことになるでしょう？」

「そんな、お義母様……」

遺書や遺言のことを言っているのだと悟り、雪子の胸に悲しみが広がる。

静は凛とした姿勢をくずさずに、優しい微笑みを浮かべた。

「私、この家に雪子さんが来てくださって、安心しているの。私に何かあっても、嵩也のそばにはあなたがいる。二人で平塚の家を守ってちょうだいね」

静が痩せた青白い手で、雪子の片手を包み込む。雪子はさらにその上に自分の手を重ねると、静を励ますように握った。

「そんなこと、おっしゃらないでください」

「でも、私はきっともう長くはないから」

心弱くなっている静を見て胸がつまされる。

ふと、かつて自分が鴨川の上で少年にかけた言葉を思い出した。

『おいしいものを食べると、幸せな気持ちになるんやで』

「ご飯を……ご飯を食べてください。女中の皆様と一緒に作りました。今日は海老芋の煮物です。それから、鰤《ぶり》の照り焼きと……」

静の気持ちを上向かせたくて雪子は必死に勧めたが、静は静かに首を横に振った。

「食欲がないの」

静がまるで死に急いでいるかのように見えて、雪子の心が不安でいっぱいになる。

「奥様、せっかく若奥様が作ってくださったのですから……」と、マツにも勧められ、静はようやく一口二口食べたものの、すぐに箸を置いてしまった。

静が「少し横になりたい」と言ったので、雪子はすっかり冷えてしまった膳を持って台所に戻った。

雪子の昼餉の準備をしていた女中たちが、心配そうに近付いて来る。

「若奥様、奥様は昼餉をお召し上がりになりましたか？」

ふみの問いかけに、雪子は暗い表情で答えた。

「いいえ、あまり……」

「今朝も、ほとんどお食べにならなかったのに」

ミツもしゅんとする。三人で肩を落としていると、サトが手を打った。

「そうだ！　若奥様！　この間、お作りになったカスタードというものを、もう一度、お作りになってみてはいかがでしょう？」

ふみとミツも、名案とばかりに目を輝かせる。

「それがいいと思います！」

「卵ならあります！」

（確かに、先日、お義母様は喜んで食べてくださったわ）

雪子は女中たちの提案どおり、先日と同じカスタードを作ることにした。

自分の昼餉を食べるのは後回しにして、手早くカスタードを作り、もう一度離れへ運ぶと、静は喜び、今度は全て食べてくれた。

(甘いものだと、お腹に入るのだわ)

雪子は、ふと、父に初めて会った時、お土産《みやげ》にもらった金平糖を思い出した。あの時の金平糖は、鴨川に飛び込もうとしていた少年に譲ってしまったが、金平糖を口にした少年が涙して気持ちを変えてくれたことに、幼い雪子は心からほっとしたのだ。

(甘いものは、人に癒やしを与えてくれる。時に死への思いすら覆すほどに。ならば私は、ここでお菓子を作ろう)

雪子は、平塚家での自分の役割に気付き、手のひらをぐっと握った。


その日の夜、いつものように嵩也の自室に入った雪子は、嵩也の前に両手をつき、

「旦那様、お願いがございます。図々しいとは承知していますが、欲しいものがあるのです」

と、打ち明けた。

雪子を放って書物を読んでいた嵩也が顔を上げる。

「なんだ? 着物か? 宝飾品か?」

夫の冷たい表情に雪子は一瞬怯《ひる》んだが、勇気を出して続けた。

「いいえ、ベーキングパウダーです。それから、コンスターチ、バターもあると嬉しいです。あと、できましたら、ケーキ型や、ゼリー型なども……」

雪子の言葉に、嵩也が「は？」と怪訝な顔をする。

「なんだそれは？」

「お菓子を作る材料と道具なのです。ぜ、贅沢でしょうか……」

慌てる雪子に、嵩也が不思議な者を見る目を向ける。

「欲しければ買えばいい。金なら渡す」

「本当ですか？　ありがとうございます」

許してもらえたことが嬉しく、雪子の口もとに明るい笑みが浮かぶ。

「…………」

喜んでいる雪子を見て、嵩也は腑《ふ》に落ちないという表情をしている。

「お仕事のお邪魔をして申し訳ございませんでした」

「……いや、いい。お前は先に寝ておけ」

「はい。ありがとうございます」

一礼し、雪子が嵩也の前から下がる。

布団に入る雪子をちらりと見て、嵩也はつぶやいた。

「……てっきり、着物などをねだられるのかと思ったら、変なものを欲しがる……」

嵩也のひとりごとは、布団に潜り込んだ雪子の耳には届いていなかった。

翌日、朝餉を終えた後、雪子はさっそくミツと共に街へ出かけた。

平塚邸の最寄りの停留所から市電に乗り、二條寺町《にじょうてらまち》の停留所で降りる。通りの角には八百屋があり、店先に並べられた檸檬《れもん》が色鮮やかだ。カフェーに入って行く学生の姿も見える。珈琲をたしなみながら、文学談義にでも花を咲かせるのかもしれない。

ミツが知っているという金物屋には洋菓子の道具は置いておらず、店主が気を利かせて教えてくれた店へ移動する。ケーキ型やゼリー型を手に入れた後、二人は市場へ赴き、製菓材料を購入した。

ミツと一緒に蕎麦屋で昼食をとってから邸へ帰り、ふみに確認してみると、やはり今日も静はあまり昼餉を食べなかったらしい。

雪子はさっそく菓子作りに取りかかった。

（まずは、カステイラから始めてみましょう）

丼鉢の中に卵の黄身と白身を別々に分け、黄身のほうに砂糖を入れて、よく掻き混ぜる。白身は泡立て器で充分に泡を立てると、篩いにかけたメリケン粉とベーキングパウダーを入れて、さらに混ぜた。牛乳を加えた後、砂糖と合わせた黄身を加えて混ぜ合わせる。できたたねを紙を敷いてバターを塗った天板の中に流し込み、充分に温めた料理ストーブに入れた。四十分ほど焼く。

台所に甘い匂いが漂い始め、雪子の手伝いをしていたミツが、うっとりとした表情で鼻をひくひくさせた。

「若奥様！　おいしそうな匂いがしてきましたね！」

「ええ。そろそろよいかしら」

料理ストーブから天板を取り出してみたら、美しく焼き上がっている。

「しばらくの間、冷ましましょう」

カステイラの熱が取れるまで、ミツと一緒にお茶を飲み、しばし休む。

「奥様はお菓子作りが得意なのですね。どちらで覚えたのですか？」

「私が幼い頃に母が……よく作ってくれたのです」

しきりに感心しているミツに、雪子は曖昧な答えを返した。ミツは素直に「素敵なお母様ですね！」と目をきらきらとさせている。

カステイラが冷めると紙を外し、丁寧に切り分け、皿に載せた。ミツと共に味見をする。なかなかうまく焼けている。

「これなら、奥様も喜んでくださいますよ！」

ミツが満面の笑みで太鼓判を押した。

買い出しの時に一緒に買ってきた紅茶を淹《い》れて、雪子はどきどきしながら静のもとへ向かった。

マツに声をかけ、離れの座敷に入る。

静は窓際に座り、憂い顔で庭を眺めていた。細い体を見ると、胸が痛くなる。

「お義母様。今日もおやつを持って参りました」

雪子は静のそばにお盆を置いた。静が黄金色のお菓子を見て小首を傾げる。

「これは……もしかして、カステイラ？」

「はい」

「雪子さんがお作りになったの？」

「お口に合うとよろしいのですが」

おずおずと皿を差し出す。静は皿を受け取ると、カステイラをフォークで切り分け、そっと口に入れた。途端に、静の目が丸くなる。

「まあ！　とってもおいしいわ」

雪子は、ほっと胸をなで下ろした。

静は、あっという間にカステイラを食べ終えると、紅茶を飲み、ふぅと息を吐いた。

雪子に微笑みを向ける。

「懐かしいわ。主人が存命だった頃、時々、お土産に買ってきてくださったのよ……」

夫を思い出しているのか、静の瞳が潤んでいる。

「雪子さん、また作ってくださる？」

静に頼まれ、雪子は嬉しい気持ちで、

「はい、もちろんです」

と、答えた。

それから雪子は毎日、静にお菓子を作るようになった。

おはぎや白玉などの和菓子を作ることもあったが、静は特に洋菓子を好んだ。

お菓子を食べる習慣がついた静は、以前より顔色も良くなり、三度の食事もとるようになった。体つきも幾分ふっくらしてきたようだ。

静の調子が良い時は、雪子も一緒に縫い物をしたり、庭を散歩したりするようになった。

今日は静と共に、離れの座敷で裁縫をしている。

雪子が縫っているのは、男性用の羽織――嵩也のものだ。

「主人に仕立てようと思って置いてあった大島《おおしま》の反物、雪子さんが使ってくださってよかったわ」

雪子の手もとを見ながら、静が声をかけた。

静は、若い頃に着ていたという着物をほどいている。

「このお着物、裄《ゆき》を直して、雪子さんに着ていただきたいと思っているの。きっと似合うと思うのよ」

静が手にしているのは菊文様の銘仙《めいせん》だ。雪子は慌てた。

「そんな立派なお着物、私にはもったいないです！」

遠慮をする雪子に、静が微笑みを向ける。

「着てちょうだいな。私には娘がいないから、今は雪子さんが娘みたいなものよ」

静が「ふふ」と嬉しそうに笑う。静の言葉を聞いて、雪子の胸が温かくなる。

（私のほうこそ、お義母様がお母さんのようです）

ふと、母が生きていたら、このように一緒に縫い物をしたのだろうかと想像した。

（お母さん……）

嫋《たお》やかで美しく、優しかった母の顔を思い出す。雪子は母を尊敬していた。いつか母のような女性になりたいと思っていた。

「雪子さん、嵩也とはうまくいっている？」

ぼんやりしていた雪子は、静の問いかけで我に返った。

（旦那様は、きっと私のことにご興味がない……）

嵩也のことを考え、雪子の表情が曇る。

夜、嵩也と共に眠っていても、それ以上のことは起こらない。雪子は「自分たちは夫婦と呼べるのだろうか。妻としての役目を果たせていないのではないか」と不安を抱く一方で、どこかほっとしていた。

(旦那様に、傷だらけの体を見せたくない)

きっと、汚いと軽蔑される。離縁されてしまうかもしれない。

けれど、そんな心配は杞憂《きゆう》なのかもしれない。仕事一筋の嵩也が雪子に関心を持つ日は、この先も来ないのだろう。

実家で暴力をふるわれていたことを思えば、蔑《ないがし》ろにされるぐらい、どうってことはない。しかも、静はとても優しくしてくれる。女中たちも親しく接してくれる。平塚家での生活は、藤島家に比べれば極楽のようだ。

(私は、今、とても幸せ……)

それなのに、どこか寂しさを感じている。

黙り込み、俯いた雪子を見て何か察したのか、静が針を動かす手を止めた。

「嵩也は無愛想でしょう」

雪子が、ぱっと顔を上げると、静は苦笑を浮かべていた。

「そんなことは……！」

ている。

「無理をしなくていいわ。あの子、今まで私のことばかり気にかけて、自分のことは二の次だったから。それに一昨年、夫が亡くなって平塚紡績を継いでからは、会社のため、社員のため、必死に働いている……」

嵩也は帰宅をしてからも仕事のことが頭から離れないようで、いつも難しい顔をしている。

「ご自宅では、お休みになられてほしいと思います……」

自分がいたらないから、気が休まらないのだろうか。

夜、一人で眠る時、嵩也の背中を見て、声をかけようかと迷う。その言葉が「頑張ってください」がよいのか、「ご無理をなさらず」がよいのかわからず、結局「おやすみなさいませ」としか言えない。

雪子が不甲斐なさを自己嫌悪していると、静が、

「誤解をしないでほしいの」

と、続けた。

「あの子は、本当は優しい子なのよ。私は昔から体が弱くて、よく寝込んでいたの。私が熱を出せば、つきっきりで看病してくれた。今は仕事があるから、そういうわけにはいかなくて、マツに任せているけれど……。でも毎日、様子を見にきてくれる。責任感の強い子なのよ。親の面倒は子供が見るものだと思っているのかもしれないわ。

……私は嵩也のお荷物になっているの……」

　申し訳なさそうな顔で微笑む静に、雪子は、はっきりとした口調で否定した。

「旦那様がお義母様を想う気持ちは、責任感だけではありません。お義母様を愛していればこそです。旦那様を見ていればわかります」

　嵩也は帰宅したら、真っ先に静の様子を見に行く。無理をしているわけでは決してなく、母を想うがゆえの行動だと、雪子にも伝わってくる。

「そうかしら……？　私は、嵩也のお荷物になっていないかしら……？」

　不安そうな静に向かって断言する。

「そのようなことはありません」

「よかったわ」

　静が目を細めた。

「雪子さんは、嵩也を理解してくださっているのね」

「そうだといいのですが……。私はまだ旦那様のことを、よく知りません」

　嵩也が静を大切にしている気持ち、雪子に対して興味がない気持ちは察することができる。けれど、もっと具体的な……例えば、何に興味があり、何が好きなのか、何が嫌いなのか、そういったことはわからない。

（旦那様のことを知れば、妻としてのふるまいが、もう少しわかるのかもしれない）

そうは思えど、会話がないのだから知りようがない。

しゅんとしている雪子を見て、静が悪戯《いたずら》っぽい表情を浮かべた。

「それなら、私が教えてあげるわ。雪子さんは、嵩也の何が知りたいのかしら？」

問われて、雪子は考えた。ふと、台所にある珈琲の機械のことを思い出し、

「旦那様は、珈琲がお好きなのでしょうか」

と、尋ねてみた。

「珈琲……というよりも、ハイカラなものが好きね」

静の答えに、目を瞬《また》かせる。

「ハイカラなものですか」

「活動写真も好きみたいよ。今度、連れて行ってもらうといいわ」

「…………」

今後、嵩也と一緒に出かける機会はあるのだろうか。想像がつかない。

「それから、甘いものも好きなのよ。一時期は、キャラメルが気に入っていたみたいで、よく買って帰ってくれたわ」

静の口から語られる嵩也の意外な素顔に、雪子は聞き入った。

「今度、嵩也にも、雪子さんのお菓子を食べさせてあげて。きっと喜ぶと思うの」

「そう……ですね。今度、お出ししてみます」

笑顔の静に、雪子は素直に頷き返した。

静から嵩也の話を聞き、少し得をした気持ちで一日を過ごした雪子は、いつものように玄関で、帰宅した嵩也を迎えた。

「おかえりなさいませ。旦那様」

「ああ」

嵩也が外套を脱ぎ、鞄と共に雪子に手渡す。受け取りながら、

「旦那様。今日は、いかがお過ごしでしたか？」

そう尋ねてしまったのは、静からあれこれと嵩也の話を聞き、身近な気持ちになっていたからかもしれない。

嵩也は振り返ると、怪訝な顔をした。

「どうして、そのようなことを聞く？」

冷たい声音《こわね》だった。雪子はすぐさま、自分が失言をしてしまったのだと気が付いた。

「仕事をしていたに決まっているだろう」

「は、はい……」

当たり前だ。嵩也は毎日、会社へ仕事をしに行っているのだから。

「……差し出がましいことを申しました。申し訳ございません……。ただ……」

雪子は謝罪した後、小さな声で続けた。

「お忙しく疲れていらっしゃるならば、今夜はゆっくりお休みいただきたいと……思ったのです……」

雪子の言葉に、嵩也が僅かに目を見開いた。思いがけないことを言われたという顔をしている。

「俺の仕事が忙しかろうと、お前には関係がない」

素っ気ない応えに雪子はますます萎縮してしまったが、嵩也はそんな雪子を見て軽く息を吐いた後、ひとりごとのように続けた。

「だが……確かに、少し疲れているかもしれない」

だからゆっくり休むとは言わなかったが、嵩也が反応を返してくれたことに、雪子の気持ちが和らいだ。

雪子と嵩也は縁あって結婚した。それが政略結婚だったとしても。

平塚家の嫁として、嵩也がくつろげる場所を作りたい。

「夫婦らしい関係がなくとも、それぐらいは役に立ちたい」と、雪子は心の中でつぶやいた。

雪子に外套と鞄を預けた後、嵩也は一人で静のいる離れに向かった。

座敷に入ると、静は布団から出て座っていた。マツが、静が先ほどまで食べていた夕餉の膳の片付けをしている。

「母上。おかげんはいかがでしょうか」

嵩也の問いかけに、静は、

「大丈夫よ。ありがとう」

と、応えた。食後のためか、頬に赤みが差している。

最近の静は以前に比べて顔色がよく、笑顔も増えた。膳に目を向けると、食器は空になっている。

（母上は最近、よくお食べになっているようだ）

いいことだと、安堵の気持ちを抱く。

「今日は、昼間、雪子さんがミルクセーキとドーナツを作って持ってきてくださったの。雪子さんの作るお菓子は、本当にどれもおいしいのよ。その後は一緒にお裁縫をしたわ。雪子さんはとても器用なのよ。ふふ……嵩也、楽しみにしていたらいいわ」

「何をでしょうか？」

静の言葉の意味がわからず嵩也は首を傾げたが、静は笑うだけで教えてはくれなかった。

「この間、雪子さんとお庭を散歩した時に、梅の花が咲き始めていることに気付いたの。まだ寒いような気がしていたけれど、もう春なのね。温かくなったら、雪子さんと一緒に、外におでかけしてみたいわ」

楽しそうに話す静の口から、何度も雪子の名前が出てくる。

(最近の母上は、よく雪子の話をしている)

以前マツに聞いてみたら、雪子は手作りした菓子を持って、毎日静を見舞いに来ているそうだ。マツは「若奥様がいらっしゃるようになってから、奥様の笑顔が増えました」と、嬉しそうに話していた。

母屋の女中たちにも話を聞くと、日中の雪子は女中たちと一緒に掃除や料理に励んでいるという。

(好きにふるまえばいいとは言ったが……。家事など、女中に任せておけばいいものを)

嵩也は、新妻の意外な行動に、正直戸惑っていた。

雪子の真意がわからず難しい顔をしていると、静が心配そうに嵩也を見た。

「どうしたの？」

「あ……いいえ。なんでもありません。ただ、母上と雪子は随分仲良くなったのだなと……」

「そういうあなたは、雪子さんを大事にしている？」

静から逆に問われて、嵩也は目を瞬かせた。

「それはどういう意味でしょうか」

「今日、雪子さんとお話をしたの。雪子さん、あなたのことをよく知らないと、寂しそうにおっしゃっていたわ。あなた、仕事を理由に、雪子さんを放っているのではなくて？」

図星を指されて、嵩也は眉間に皺を寄せた。その表情を見て、静が「ほら、やっぱり」と溜め息をつく。

「お仕事も大切だけれど、伴侶《はんりょ》も大切になさい。雪子さんは、とてもいいお嬢さんよ。私は彼女のことが大好きなの。だから、二人が仲良くしているところを見たいわ」

母から諭《さと》され、嵩也の顔つきが渋くなる。

（俺は仕事で手一杯だ。妻をかまう暇などない。だが……）

そうは思えど、静がこれほど気に入る雪子がどんな女なのか興味を持った。

玄関で会話した時に見せた雪子の寂しそうな表情が脳裏に浮かぶ。

「……善処します」

嵩也の答えに、静は、にっこりと微笑んだ。

静から嵩也の話を聞き、帰宅した嵩也に思い切って声をかけてから、雪子は夫の態度が僅かに変化したことを感じていた。

家に帰ってきた嵩也に「おかえりなさいませ」と言うと、「ただいま」と返ってくる。

夜、雪子が先に眠る時は「おやすみ」と一声かけてくれるようになった。

その変化に、雪子は胸中で密かに感動していた。

とはいえ、嵩也が素っ気ないのは相変わらずで、夫婦の会話は必要最低限ではあるのだが……。

そんな日々が続いていた、ある夜。

寝間着姿の雪子は、完成した羽織を持って、いつものように嵩也の部屋に向かった。

（旦那様、受け取ってくださるかしら）

これを渡した時、嵩也がどんな顔をするだろうかと想像すると、緊張で鼓動が早くなる。

（迷惑だとお思いになるかしら）

不安な気持ちを抱えたまま「失礼いたします」と言って、嵩也の自室に入る。嵩也は雪子の姿に気が付くと、こちらを向いた。読書をしていたのか、手に本を持っている。

本を文机の上に置き、嵩也が雪子を手招いた。普段なら、雪子が入ってきても興味を示さないのに、どうしたのだろうと首を傾げる。

雪子が嵩也の正面に座ると、嵩也はあらたまった口調で、

「雪子」

と、名前を呼んだ。嵩也に名前を呼ばれたのは初めてだったので、雪子は驚いた。

「お前、母上に、毎日のように菓子を作っているそうだな」

「はい」

「あきらかに、近頃の母上の体調は良くなっている。以前に比べて、お心も元気になっているようだ」

雪子の口もとに微笑が浮かぶ。静の様子が変わってきたことを、雪子も嬉しく思っていた。

雪子は勇気を出して、手にしていた羽織を嵩也の目の前に差し出した。

「お義母様と一緒に作りました。お召しになっていただけますと嬉しいです」

丁寧に畳まれた羽織を見て、嵩也は驚いた顔をした。

「これを母上と？」

「はい」

「……俺が家にいない間、雪子が母上のそばにいてくれているのだな」

嵩也は羽織を手に取り広げた。目を細める。

「お義母様がお義父《とう》様にお作りしようと、大切にとっておられた大島紬《つむぎ》の反物を使わせていただきました」

「母が父に……？」

驚いた顔をして、嵩也が羽織を見つめる。

おもむろに袖に腕を通した嵩也を見て安堵する。静に教えてもらったので、裄も丈もぴったりだ。

「着心地がいいな。使わせてもらおう」

嵩也に褒められ、雪子の胸中が温かくなる。

(喜んでいただけたのかしら……)

「俺はまだ起きている。雪子は先に寝ていなさい。……おやすみ」

いつものように一人にされ、雪子は布団に潜り込んだ。

雪子の縫った羽織を着たまま、文机に向かう嵩也を見て、雪子は穏やかな気持ちになっていた。

翌朝、目を覚ますと、間近に嵩也の顔があった。雪子を覗き込んでいる。

雪子は驚き、息を呑んだ。

「起きたか」

いつもは嵩也よりも早く起きるようにしている雪子だが、今日は夫のほうが早く起きていたことを知り、慌てる。

「申し訳ございません、私、朝寝坊を……」

嵩也が身を引いたので、雪子は急いで起き上がった。

「いや、かまわない。昨夜は……俺の眠りが浅かっただけだ」

どこか落ち着きのない様子で視線を逸らし「んんっ」と咳払いをした後、嵩也はあらためて雪子に目を向けた。

「今日は、一緒に出かけないか」

「えっ」

唐突な誘いに雪子の目が丸くなる。空耳《そらみみ》ではなかろうか。

「あ、あの、今日はお仕事では……」

「俺だとて、休む時は休む。行くのか、行かないのか」

たたみかけるように問われ、雪子は反射的に、

「行きます」

と、答えた。

「では、朝餉の後、用意ができたら声をかけてくれ」

「はい。わかりました」

雪子はわけがわからないまま嵩也の部屋を出た。

とりあえず、いつものように朝餉の準備をし、嵩也と一緒に食べる。嵩也は眠りが浅かったと言っていたので、雪子は目覚ましのために、食後に珈琲を作った。

台所にあった珈琲炒り器と珈琲挽きは、嵩也が気まぐれに買って来たものらしい。サトもふみもミツもうまく使うことができず、棚で埃《ほこり》をかぶっていたのだが、静に嵩也は珈琲が好きだと聞いてから、雪子は夫のために作れるようになりたいと考えていた。

失敗を重ねながら豆を炒り、粉にするところまでできるようになると、麻の袋に入れて口を糸で綴じ、土瓶の中で煮てみた。ところが、味見をしてみると、とても苦く、飲めたものではない。牛乳と角砂糖を加えてみたが、美味しくはならなかった。

どうにか美味しく作れないかと調べてみたところ、煎じる以外に、珈琲濾《こ》しを使って淹れる方法があると知った。

数日かけて練習し、飲める程度に作れるようになったので、今朝、思い切って出してみることにしたのだ。

雪子の淹れた珈琲を口にした嵩也は、目を丸くした。

「うまいな。お前が作ったのか？」

「はい」

「機械を買っても、女中の誰も上手に作れなかったのだがな」

感心している嵩也を見て、雪子は胸をなで下ろした。

嵩也がゆっくりと珈琲を楽しんでいる間に自室へ戻り、桐箪笥《きりだんす》を開ける。

普段は動きやすいよう質素に木綿の着物を着ている。嫁入りの時も、大した着物は持ってきてはいない。

何を着ていけばいいのか迷っていたが、はっと思い出し、菊文様の銘仙を取り出した。

「これにしましょう」

以前、静が裄を直してくれた着物だ。

その上に、えんじ色の羽織を羽織る。これもまた、静が譲ってくれたものだった。

髪は束髪にし、せめても流行の耳隠しにした。

（おかしくないかしら）

どきどきしながら、嵩也の部屋に向かう。いつもは背広姿の嵩也は、今日は着物姿だった。雪子が縫った羽織を纏っている。そのことが嬉しく、胸がとくんと鳴った。

「行くぞ」

嵩也に促されて邸の外に出ると、いつの間に呼んだのか、人力車が停まっていた。

嵩也と並んで乗り込む。

人力車が向かった先は、市街の中心地に立つ百貨店だった。

三階建ての鉄筋造りの建物に、丸の中に孔雀が描かれた大きな旗が掛けられている。

人力車を降り、旗を見上げた雪子に、嵩也が、

「今日の目的地はここだ」

と教える。

立派な入り口に怯んでいる間に、嵩也が先に店の中へ入って行ってしまったので、雪子は慌てて夫の後を追った。

下足番に草履を預け、畳敷きの売り場に立った雪子は、きらびやかな店内に目が眩《くら》んだ。

太い柱で支えられた売り場には、ショウケースや陳列台が並んでいる。半襟《はんえり》、帯揚げ、腰帯といった小物類、その向こうには化粧品なども見える。壁に掛けられた洋傘は色とりどりで花のよう。子供が喜びそうな玩具類も豊富だ。

「まあ、なんと華やかな……！」

驚いている雪子に、嵩也が愉快そうな目を向ける。

「雪子は、百貨店は初めてか？」

る。

「はい」

「そうか。こちらへおいで」

嵩也に案内されて、階段へ向かう。二階に上がると、真っ先に、美しい友禅や帯地が目に入った。売場中央には、お仕立て用の絹布や裏地といった反物が並べられてい
る。

「雪子の好きなものを買ってやる」

嵩也にそう言われ、雪子は目を丸くした。

「私の好きなものですか？」

「何がいい？　着物を誂えようか？　それとも帯がいいか？」

そう問われても困ってしまう。

戸惑う雪子を伴って、嵩也が歩き出した。

二人の姿に気が付いた店員が近付いて来て、

「旦那様、奥様、いらっしゃいませ」

と挨拶をした。嵩也が、

「適当に見せてくれないか」

と言うと、店員は水色の反物を取り上げ、さらさらと広げた。

「こちらの帯などいかがでしょう。薔薇更紗《さらさ》の文様が、奥様によくお似合いになられ

ると思います。お体に合わせてみられませんか？」

「雪子、どうだ？」

「い、いえ、私は……」

「着物や帯よりも洋服のほうがいいか？　これからは、ああいった動きやすい服が流行るはずだ」

洋服の見本品を指差し、嵩也が微笑む。

袖が短く、足も出てしまうワンピースは、あまりにもハイカラで、雪子は慌てて両手を横に振った。

「私に洋服なんて、とても！」

断る雪子を見て、嵩也が、ほんの少し残念そうな顔をする。

雪子が興味を示さないので、今度は日傘の一角へ移動した。レェスの日傘は素敵だが、自分には過分な品の気がして、雪子はここでも断った。

ひと通り売場を見た後、二人は三階の食堂へ向かった。

色付き硝子《ガラス》がはめ込まれた扉をくぐると、広い空間に、白いクロスが掛けられたテーブルがずらりと並んでいた。席は客でほぼ埋まっており、エプロンを身に着けた女性たちが、忙しそうに料理を運んでいる。

席に着き、嵩也がライスカレーを二つ注文する。慣れた様子だ。

しばらくして運ばれてきたライスカレーを見て、雪子は目を瞬かせた。

戸惑う雪子に気付いた嵩也が、軽く首を傾げる。

「雪子は、ライスカレーを食べたことがないのか？」

「はい……」

「ならば、口に合うとよいのだがな」

嵩也が先に食べ始めるのを待ってから、雪子も匙でライスカレーを掬った。口に入れて「あら」と目を丸くする。

（おいしい）

初めてのライスカレーを、ものめずらしく思いながら食べていると、嵩也が呆れたように話しかけてきた。

「お前は何も欲しがらないな。女というものは、もっと欲深いものではないのか？」

「そう申されましても、理由なく買っていただくわけには……」

雪子は匙を動かす手を止め、嵩也を見つめた。どうして嵩也が、いきなり雪子を百貨店などに連れて来たのかわからない。

すると、嵩也は一つ溜め息をつき、

「理由ならある。礼だ」

と、短く答えた。

「お礼？」

「雪子が母上に尽くしてくれる、その礼だ」

今度はそう説明されて驚く。

「私は優しいお義母様が大好きなのです。尽くすだなんて、そんな大それた……。ただ、お義母様とお会いしてお話をしているだけで楽しいのです」

雪子にとって静は、今や亡くなった母と同じぐらい大切な存在だった。

雪子の真剣な表情を見て、嵩也が「ふっ」と唇の端を上げた。

「……そんなお前だから、礼をしたいのに」

つぶやかれた言葉は、雪子の耳には届いてはいない。

「夫が妻に何か買いたいと言っているのだから、気持ちを汲んでくれないと、男の沽《こ》券《けん》に関わる」

嵩也に真面目な顔でそう言われ、雪子はさすがに思案した。

(沽券に関わると言われてしまっては……)

一生懸命考えた後、

「……では、金平糖を」

と、遠慮がちに答えた。

「金平糖？」

「はい。子供の頃、父からもらったことがあるのです。でも、人にあげてしまって、食べられなかったのです」

あの時の金平糖は、鴨川の橋の上で出会った少年に渡してしまった。

そのことを後悔してはいないが、食べてみたかったという思いは残っている。

雪子の答えを聞いて、嵩也は拍子抜けしたようだった。

「そんなものでいいのか？」

「はい」

「ならば、金平糖を買ってやろう」

食事を終え、二人は百貨店を後にすると、路面の菓子屋へ向かった。

「好きなだけ詰めてもらえばいい」

あまりたくさん買ってもらうのは嵩也に悪い。雪子は一握りほどの金平糖を瓶に詰めてもらった。硝子の小瓶の中で、五色の金平糖がきらきらと輝いている。

菓子屋を出た後、雪子は嵩也を見上げ、笑顔でお礼を言った。

「ありがとうございます。旦那様」

嬉しそうな雪子を見て、嵩也が微笑む。

「実は俺も菓子は好きなのだ。一つくれないか」

「もちろんです」

雪子は瓶の蓋を開け、軽く傾けた。自分の手のひらに金平糖を数粒出すと、嵩也の手のひらに移した。

「……星みたいだな」

嵩也はぽつりとつぶやいた後、金平糖を口に入れた。甘みを味わうように、目を閉じている。

（旦那様も、金平糖がお好きなのかしら……？）

それにしては表情が暗いような気がして、雪子は小さく首を傾げた。

金平糖を味わった後、嵩也が目を開けた。どこか遠くを見るような顔をしていたので気になり、雪子はそっと尋ねてみた。

「旦那様も金平糖に思い出があるのですか？　私のように、お小さい頃に、お父様に買っていただいたことがあるとか……」

嵩也は雪子の問いかけに表情を曇らせ、「いいや」と首を横に振った。

「小さい頃に……このようなものは、買ってもらったことはない。贅沢品は、俺にとって縁遠いものだったからな……」

「……？」

平塚紡績は嵩也の父が始め、大きくした会社だと聞いている。今でこそ飛ぶ鳥を落とす勢いの平塚紡績だが、嵩也が小さい頃は事業が軌道に乗っておらず、それほど裕福ではなかったのだろうか。

（あまりお聞きしないほうがよさそう……）

余計なことを言ってしまったとしゅんとしていると、嵩也がふと真面目な口調で指摘した。

「雪子、口元にライスカレーが付いている」

「えっ！」

雪子は、慌てて口もとに手を当てた。唇を拭おうと焦っている雪子の様子を見て、嵩也が小さく声を上げて笑った。

「はは。何も付いてはいない」

からかわれたのだと気づき、雪子の頬が恥ずかしさで赤くなる。

「旦那様……」

困り顔の雪子が可笑《おか》しかったのか、嵩也は笑いながら「悪い」と謝った。

今日の嵩也は普段よりも表情が豊かだ。

（旦那様が、このように悪戯なことをおっしゃるなんて意外だわ。でも、今日はたくさん笑ってくださる）

嵩也との外出は想像していたよりも楽しくて、雪子は嫁入りしてから今までで一番、嵩也との距離の近さを感じていた。嵩也もそうなのだろうか？

（そうだとしたら……嬉しい）

「今日はお買い物に連れて来てくださってありがとうございました」

満面の笑みでお礼を言うと、嵩也は一瞬息を呑み、ふいと視線を反《そ》らした。

「……お前は、そのような顔もするのだな」

嵩也の耳がほんの少し赤くなっている。

わざとらしく咳払いをした後、嵩也は雪子に視線を戻した。

「活動写真でも見に行かないか」

「活動写真ですか？」

「新京極へ行こう」

嵩也が雪子の背中に触れた。軽く押して歩き出す。二人は人々で賑わう繁華街へ入っていった。

繁華街へ向かう雪子と嵩也の横を、一台の車が通り過ぎた。

憂鬱な顔で窓から外を見ていた夫人が、雪子の姿に気付き、慌てて振り返る。

「車を停めて！」

運転手に声をかけて車を停めさせ、もう一度窓から外を覗いた光池夫人——毬江は確信した。

「間違いないわ。雪子だわ」

品の良い着物を着て、髪も丁寧にまとめた姿は可愛らしい若奥様といった風情だ。

（隣にいるのが平塚嵩也？　あの顔、光池家主催の夜会で見たわ）

婦人たちに囲まれているにも関わらず、顔色一つ変えていなかった青年。毬江と目が合っても無視をした、いけ好かない男。

（夫婦で外出しているの？　平塚嵩也は、女性に対して冷たいという話ではなかったの？）

冷血漢という噂は嘘ではないのかと思うほど、柔らかく優しい表情を雪子に向けている。傍目《はため》にも、夫婦仲が良さそうに見えた。

毬江は爪を噛んだ。

（わたくしの代わりに嫁いだくせに、何よ、あの顔……！）

光池利昭に嫁いでまだ二ヶ月ほどしか経ってはいないが、毬江の生活は思っていたよりも順風満帆ではなかった。

利昭は毬江に対し、光池銀行の跡取りの妻君として相応の教養を求めた。ところが、料理裁縫はもちろんのこと、文学的な知識、芸術的な知識、機転の利いた会話、社交術、どれをとってみても、毬江は利昭の求めた水準には達していなかった。

毬江は当初、光池家の嫁になれば、毎日のようにパーティーや観劇、百貨店など、華やかで贅沢な場所に連れて行ってもらえると思っていた。藤島家にいた時以上に欲しいものはなんでも手に入ると期待していたのに、利昭は意外にも、無駄な出費や人付き合いを好まなかった。鳳議員のために開かれた華やかな夜会は夢だったのかと思うほど、光池家の人々は真面目で堅実な生活を好んでいた。

他人のため、会社の利益のため、ここぞという時にお金の使いどころは間違えないが、普段は質素。来客のための別邸は豪華絢爛でも、本邸は大きさこそあれど、落ち着いた雰囲気で、藤島家の華やかな洋館で育った毬江には、貧乏くさく感じられた。

光池家の家風は、毬江の性格と真逆だったのだ。

燃え上がった恋が冷めるのは早かった。鞠江に失望した利昭は、一ヶ月も経たずに妻に飽きた。毬江のほうも、顔は良いが価値観の違う夫が疎ましくなり、この結婚を後悔するようになった。

夫婦仲が悪くとも、光池家の嫁という立場は変わらない。貞淑な妻としてのふるまいを要求されたが、もともと自分勝手な毬江には無理な話。すぐに我慢の限界がきた。

毬江は気晴らしに、夫の目を盗んで街に出かけ、買い物三昧《ざんまい》をして遊び回るようになった。代金は光池家にツケておけばなんとでもなる。踏み倒せば恥になるので、光池家も払わざるを得ないだろう。

そんな折に、雪子を見かけたのだ。

「あの子、平塚と一緒に何をしに来たのかしら」

着物の一枚や二枚、買ってもらったのかもしれない。

平塚紡績は近頃ますます業績がいいと、利昭と義父の光池重忠が話しているのを小耳に挟んだことがある。

(お金持ちの家に嫁いで、夫に愛され、何不自由ない生活を送るのはわたくしだったはずなのに！)

雪子と嵩也が、繁華街の人波の中に消えていく。

その後ろ姿を、毬江は憎々しいまなざしで見送った。


嵩也と百貨店を訪れてから、数日後。

嵩也が出勤した後、雪子がいつものように女中たちと働いていると、

「ごめんください」

と、多岐川がやって来た。

(こんなに早く旦那様がお帰りになったのかしら)

何かあったのかと思い、雪子は慌てて玄関に出たが、そこにいたのは大きな風呂敷包みを持った多岐川一人だけだった。

「多岐川さん、どうなさったのですか？　旦那様は？」

嵩也の姿を探してきょろきょろしている雪子に、多岐川が声をかけた。

「社長より奥様にお届け物です」

わけがわからなかったが、とりあえず多岐川を客間に案内する。

サトにお茶を持ってきてもらった後、雪子はあらためて多岐川に尋ねた。

「旦那様からのお届け物とはなんでしょうか」

多岐川は畳の上に置いてあった風呂敷包みを、雪子の前に差し出した。

「どうぞ」

「……？」

なんだろうと思いながら風呂敷をめくってみたら、中から出てきたのは、たとう紙。こよりを解いて開いてみると、御召《おめし》の着物が入っていた。縞文様は、愛らしい珊瑚《さんご》色だった。

「社長から奥様への贈り物です」

「旦那様から？」

多岐川が、驚く雪子を見て、めずらしく微笑みを浮かべる。

「かなり悩んで反物を選ばれていましたよ。早く渡したいからと、急いで仕立てさせたそうです」

まさか嵩也が雪子のために、このように立派な着物を誂えてくれていたとは。

けれどなぜ、直接渡してくれなかったのだろう。

「どうして、多岐川さんがお持ちになってくださったのですか？」

不思議に思って尋ねたら、多岐川の瞳に悪戯っぽい光が浮かんだ。

「奥様に直接お渡しするのが照れくさかったのだと思いますよ」

「えっ」

意外なことを聞いて、雪子の目が丸くなる。

多岐川はそんな雪子に温かなまなざしを向けると、念を押した。

「ぜひお召しになって、見せて差し上げてくださいね」

「はい」

雪子は輝く笑顔で頷いた。嵩也の真心を感じ、心から嬉しく思った。


昼餉の後片付けが終わった台所で、雪子は思案していた。

金平糖を買ってくれたり、着物を贈ってくれたりと、心を砕いてくれる嵩也にお礼がしたい。何かできないかと考えて、最初はお弁当を作ることを思いついたものの、多岐川に聞くと、家でもずっと仕事をしている嵩也は、当然会社でも忙しく、満足な休憩時間も取らずに働き続けているらしい。昼食はたいてい、取引先との会食や、多岐川と打ち合わせをしながらすませているそうだ。嵩也の体が心配になり、雪子は「しっかりと休んでいただきたい」と思ったものの、食事の時間すらも惜しいほど仕事が忙しいのならば、無理は言えない。

(旦那様は、お菓子が好きだとおっしゃっていたわ。ずっとお仕事をされていても、ほんの少しなら息抜きをする時間があるかもしれない。お弁当はご迷惑かもしれないけれど、簡単に摘まめるようなお菓子だと、仕事の合間に食べていただけるかもしれないわ)

「……そうだわ!」

妙案を思い付き、雪子はさっそく牛乳とバター、砂糖を用意した。

鍋の中に材料を入れてコンロの上に載せ、火加減に注意しながら、しゃもじで混ぜ続ける。そのうち、材料がもったりとしてきた。

「これぐらいでいいかしら」

鍋を下ろし、紙を敷いた型に流し入れる。

いい香りに惹かれたのか、ミツがやってきた。雪子がお菓子を作っていることに気付き、興味津々で問いかけてくる。

「若奥様、今日は何を作っておられるのですか？」

「キャラメルです」

「ええっ、キャラメルですか？　作れるんですか？」

「ええ」

雪子はにっこりと微笑んだ。

充分冷やしたキャラメルを、包丁で小さく切る。ミツに味見をしてもらうと、ミツは頬を押さえて、うっとりとした表情を浮かべた。

「おいしい！　ほっぺたが落ちそうです！」

「ふふ。よかった。お義母様にも持っていって差し上げましょう」

雪子は完成したキャラメルをそれぞれ紙に包むと、静のもとへ持っていった。静も「おいしい」と言って食べてくれたので、ほっとした。

（旦那様にも喜んでいただけますように……）

翌朝、嵩也が出勤する時、雪子は思い切ってキャラメルを入れた瓶を差し出した。

「これはなんだ？」

不思議そうな顔をした嵩也に雪子は恥じらいながら答えた。

「キャラメルです。作ってみました」

「キャラメル？　雪子が作っただと？」

目を丸くした嵩也に、「はい」と頷いてみせる。

「売っているものは知っているが、手作りできるものなのか……」

瓶を受け取った嵩也が感心している。

「お仕事の合間に召し上がっていただけると嬉しいです」

「では、遠慮なくいただいていこう」

嵩也は微笑を浮かべると、瓶を手に玄関を出て行った。受け取ってもらえたことに、雪子は、ほっとした。


その日、平塚紡績は、軽い災難に見舞われた。紡績工場で機械の故障が起こり、対応に追われたのだ。落ち着いたのは、午後遅くなってからだった。

社長室の椅子に座り、深々と息を吐いた嵩也に、多岐川が、

「お疲れ様でした、社長」

と、声をかけた。

「稼働が止まった時間も短かったですし、影響が少なくすみ、よかったですね。納期の遅れも出ないと思います」

「そうだな……」

疲れている嵩也を見て、多岐川が心配そうな表情を浮かべる。

「社長。昼食もまだでしょう。何かお食べになってきては？」

「いや、もうこの時間だ。今食べたら、夕餉が食べられなくなる」

雪子の顔が脳裏に浮かんだ。家に帰れば彼女が待っている。できれば、彼女と食事を共にしたい。

ふと、朝方、雪子が手渡してくれたキャラメルを思い出した。

机の引き出しにしまっていた瓶を取り出す。コルクを開けて一粒摘まみ、紙を剥いた。

まじまじと見つめた後、口に入れる。

「……！」

柔らかく、甘い。コクのあるキャラメルが口内で溶けていく。疲労が和らいだように感じ、嵩也は思わずつぶやきを漏らした。

「甘い……」

「何をお召し上がりになっているのですか？」

嵩也が何かを口に含んでいることに気付いた多岐川が、気になるというように問いかける。

「キャラメルだ。雪子が作ったらしい」

「奥様が？」

目を瞬かせた多岐川に、嵩也が悪戯っぽい笑みを向ける。

「お前にはやらん」

「……はあ、そうですか」

多岐川が呆れた表情を浮かべた。

帰宅し、雪子と夕餉をとる間、嵩也は気持ちが落ち着かず、雪子の様子をちらちらと何度も確認した。

(礼を……言うべきだろうな)

雪子は綺麗な箸使いでおからの煮物を食べている。嵩也の逡巡に、全く気付いていないようだ。

なかなか言葉を出せずにいると、嵩也の視線に気が付いたのか、雪子が顔を上げた。

「旦那様、何か……？」

嵩也は箸を置くと、覚悟を決めた。

「今日のキャラメル……うまかったぞ。ありがとう」

「……！」

嵩也の感想と感謝の言葉を聞き、雪子の目が丸くなる。

驚いている妻を見て恥ずかしさがこみ上げてきて、嵩也は箸を持ち直すと、誤魔化すように食事を再開した。それでも雪子の反応が気になり、ちらりと妻を見たら、雪子は幸せそうに微笑んでいた。その表情にどきっとする。

「……また、作ってくれると嬉しい」

そう言い添えたら、雪子はにこりと笑い、

「はい、かしこまりました」

と、答えた。


それから、嵩也は、毎日のように雪子からお菓子を渡されるようになった。

ビスケットやワッフル。卵のサンドイッチ。雪子は婦人雑誌に掲載される料理法も参考にしているのか、作るお菓子の幅も広がっていく。

女中に聞くと、雪子はお菓子作りだけでなく、日々楽しそうに食事の用意をしているらしい。

嵩也が気を利かせて西洋料理の指南書を買い与えると、夕餉に、オニオンスープや、マッシユードポテトー、サラドにマヨネーズなどが添えられるようになった。試しに牛肉を買ってくるよう下男に命じたら、雪子は非常に喜んで、ビーフスチユードを作った。

（父方は明治の頃からの実業家一族、母方は華族の血を引いている。由緒正しい家柄の娘だというのに、雪子は変わっている）

いつの間にか嵩也は、雪子の菓子でひとときの休息を取ることを楽しみにするようになった。

会社の社長室で一息ついている嵩也に、多岐川が話しかけた。

「それも奥様のお作りになったお菓子ですか?」

焼き菓子を頬張っていた嵩也は顔を上げ、にやりと笑った。

「ああ。羨ましいか? 今日はコーンミールケーキという菓子だ。ほんのりと檸檬風味でうまい」

多岐川が呆れた様子で「やれやれ」と肩をすくめる。

「社長がしっかりと休憩を取られるようになったのはいいことです。以前の社長は余裕のない様子でいらっしゃいました。最近は雰囲気が和らぎ、従業員たちも喜んでいるのですよ」

「……お前は意外と意地が悪いな」

多岐川は「以前の嵩也は終始ぴりぴりしていた。従業員たちが、そんな嵩也を怖がっていた」と言っているのだ。

「奥様のおかげですね」

多岐川が雪子に感謝するように、胸に片手を当てる。

(確かに、多岐川の言うとおりかもしれない)

雪子のお菓子を食べると、不思議と気持ちが和らぐのだ。


京都は、花と緑の美しい華やいだ季節を迎えていた。

嵩也と共に、円山《まるやま》公園に桜を見にきた雪子は、

「まあ！　すごく綺麗！」

立派なしだれ桜を目にし、歓声を上げた。

今日の雪子の装いは、珊瑚色の御召と卵色の帯。桜の柄が入った帯は、嵩也に贈られたものだ。

円山公園には、大勢の花見客が訪れていた。ござを敷き、昼間から酒を飲んで騒いでいる者たちもいる。

心浮き立っていると、嵩也が不思議そうに雪子に尋ねた。

「円山公園に来るのは初めてなのか？　藤島家では、花見に行かなかったのか？」

嵩也の問いに、雪子は曖昧に微笑んで答えた。

「そうですね……私は行きませんでした」

（お父様はお忙しくて花見に行く余裕はなかったですし、お義母様と毬江さんは毎年

出かけていたけれど、私は連れて行っていただけなかったから……）

雪子の脳裏に、藤島家での生活が蘇《よみがえ》る。

ふと、実家の家族がどうしているのか気になった。

（光池家に嫁がれた毬江さんは、幸せにしておられるのかしら）

光池家はかなりの資産家だと聞いている。毬江は利昭のことを好いていた。利昭に望まれて嫁入りしたので、きっと大切にされ、幸せに暮らしているのだろう。

ぼんやりしていた雪子は、嵩也に声をかけられ我に返った。

「何か食べたいものはないか？」

嵩也が指差しているのは屋台だ。花見客たちが餅や団子を買っている。

その中に、細工飴の店があった。鶴や兎の形をした飴を見て、上手なものだと感心する。

雪子が飴に心惹かれていることに気が付いた嵩也が、屋台に歩み寄った。

「鶴をくれ」

店主に飴をもらい、お金を払う。平塚紡績の社長が屋台で細工飴を買っていることに、雪子が目を丸くしていると、嵩也は雪子のもとへ戻ってきて、

「ほら」

と、飴を差し出した。

「あの……これは？」

「お前にやろう」

「でも……」

嵩也が遠慮をしている雪子の手を取った。急に触れられて、雪子の心臓が跳ねる。

「お前に買ったんだ」

ぶっきらぼうに飴の棒を握らされる。

「ありがとうございます。旦那様」

笑みを浮かべた雪子から、嵩也がふいと顔を逸らした。照れているのだろうか。

再び歩き出した嵩也の後について行く。

鶴の形の飴は美しいが、袋がかかっていない。このまま持って歩くと、砂埃がついてしまいそうだ。どうしようと考えていたら、嵩也に、

「食べないのか？」

と、問われた。

「ここでは、お行儀が悪いかと……」

仮にも自分は平塚紡績の社長夫人なのだ。食べ歩きなどもってのほかだと思っていたら、嵩也が「ふっ」と口角《こうかく》を上げた。

「別にいいんじゃないか。ここではみんな、桜に浮かれて食べ歩きをしている。行儀

が悪いというのなら……ほら、そこの桜の下に座ろう」

ひときわ美しく咲いている染井吉野の根元に、嵩也が腰を下ろす。懐から手ぬぐいを取り出し、地面に敷いた。

(私のため？)

嵩也の心遣いが嬉しい。

手ぬぐいの上に座った雪子に、嵩也が、

「ここなら人の邪魔にならない。食べなさい」

と促した。

雪子は飴を口に入れた。甘い。以前、嵩也に買ってもらった金平糖の味を思い出す。

鶴の体が次第に溶けてくる。すると突然、嵩也が首を伸ばし、雪子の手から飴を囓った。

「なかなかうまいな」

ぼりぼりと飴を噛み砕いている。

嵩也の行動に驚いていた雪子は、飴を噛む嵩也を見て「ふふっ」と声に出して笑ってしまった。

(屋台でお買い物をしたり、細工飴を食べたり、まるで少年のよう)

楽しそうな雪子を見て、嵩也の表情も和らぐ。

そよ風が吹き、桜の花びらがはらはらと散る。

雪子の髪に花びらが引っかかったのに気付き、嵩也が身を乗り出した。花びらを取ろうとした嵩也の体と雪子の体の距離が近付き、どきっとする。

雪子の動揺が伝わったのか、桜を摘まんだ嵩也がはっとしたように体を離した。

「すまない」

照れ隠しのように、花びらを息で吹き飛ばす。

飴を食べ終わると、二人は桜の下から立ち上がり、円山公園に隣接する八坂神社に入った。

参拝をした後、西楼門を出て、石段を降りる。八坂階段下には市電が走っている。停留所から市電に乗り、二人は目的地へ向かった。

嵩也から「今日は雪子を連れて行きたい場所がある」と聞かされていたが、それがどこなのかは教えてもらっていない。

（どこへ向かっているのかしら）

気になるものの、嵩也はあえて内緒にしているようだ。

市電を降り、まっすぐに向かったのは、一軒の西洋料理店だった。

店構えを見て、雪子は息を呑んだ。

（ここは……）

この建物には見覚えがある。

(昔、お父様が、お母様と私を連れて来てくださったお店だわ……)

嵩也が扉を開ける。すると、洋装の男性が「いらっしゃいませ」と声をかけてきた。

「平塚だ」

「平塚様。お待ちしておりました」

どうやら嵩也は、この店の予約を取っていたらしい。

案内されるままに席に座る。丸みのあるシャンデリア。壁に掛けられた美人画。テーブルの上の白いクロス。あの頃と、何も変わっていない。

思い出が鮮やかに脳裏に蘇る。胸がぎゅっと締め付けられる――

黙っていると、嵩也がこちらを向いた。

「雪子。どうした?」

「あ……いいえ。とても豪華なお店なので、びっくりしていたのです」

雪子は努めて笑顔を作った。嵩也は雪子が喜んでいると思ったのか、ほっとしたように微笑むと、メニューを手に取った。さっと目を通した後、店員を呼び、注文をする。嵩也に迷いはない。堂々としたふるまいだ。仕事関係で、よくこういう店に来ているのかもしれない。

「雪子は最近、洋食に興味があるようだったから、たまには外食もよいかと思って連れてきた」

そう言われて、雪子は驚いた。嵩也が雪子を気にかけてくれていたことに、胸が熱くなる。

「ありがとうございます。旦那様。嬉しいです」

「そうか」

雪子がお礼を伝えると、嵩也は「よかった」と言うように頷いた。

しばらくして嵩也が頼んだコース料理が運ばれてきた。

サーモンとカリフラワーの前菜に、コンソメスープ、鮎のフライ、ローストチキン。

次々と出される料理は、どれも美味しい。

楽しく食事をしていた雪子は、コースの中盤に出てきた料理に息を呑んだ。それは、雪子にとって特別な一品――ロールキャベージ。かつて、父が雪子に頼んでくれた料理だった。

雪子の脳裏に、優しかった母の笑顔が蘇る。

（ああ、お母さん……）

母はあの日、優美な手つきでナイフとフォークを操り、雪子にロールキャベージを切り分けてくれた。

嫋やかで美しく、凛としていた雪子の母は、祇園で働いていた。芸に秀《ひい》でた人気の芸妓だったらしい。

一時期、客だった藤島政雄と懇意になり、雪子をもうけたが、関係は長くは続かなかったようだ。母は幼い雪子に、父が誰なのか何も語らなかった。

祇園には、父親のわからない娘が何人かいたので、雪子はそれをさほど気にはしなかった。同じ置屋にいた幼馴染みも、雪子と似たような境遇だった。

ただ一度だけ、母は雪子を連れ、客だという男性と西洋料理店へ食事に行ったことがある。その男性はきっちりとした背広を着ていて、見るからにお金持ちそうだった。

幼かった雪子の目から見ても、母と男性は、ただの客と芸妓というには親密そうだった。

それから三年ほどして、母は病《やまい》で亡くなった。その頃、雪子は既に女紅場《にょこうば》に通っており、舞妓になるための修行をしていた。将来は、母のように芸で身を立てたい。母に憧れ、尊敬していた雪子は、母を亡くした後も稽古に励み、気丈にふるまっていた。

そんな時、訪ねて来たのが、あの日の男性だった。男性は雪子の父だと名乗り、置屋に多額のお金を払って雪子を引き取った。それが藤島政雄だった。母が政雄の妾だったのだと、雪子はその時、初めて知った。

わけもわからないままに藤島の家に連れて来られた雪子は、政雄の正妻の喜代と、政雄と喜代の間の娘、毬江と対面した。毬江は雪子より一歳年上だった。

政雄は雪子に「喜代を本当の母だと思い、毬江を姉だと思って、頼りなさい」と言ったが、突然現れた継子《ままこ》に二人がよい感情を持たないのは当然だ。

喜代も当初は政雄の目を気にして雪子を怒鳴りつける程度だったが、次第に体罰へと変わっていった。母が雪子を痛めつけるので、毬江も真似をするようになった。

二人から虐待を受ける日々の中、「死んでしまおうか」と考えたこともある。こんな目に遭う自分など生きている価値はないのではないかと卑屈になりかけたが、そんな時はいつも母の顔を思い出した。

『私の可愛い娘。あなたはきっと素敵な女性になるわ』

頭を撫でて、「大好き」「愛している」と言ってくれた。母から与えられた愛情が雪子の支えとなり、自尊心を失わずにすんだ。

『甘いものを食べると、幸せな気持ちになるでしょう?』

そう言って、手ずからお菓子を作ってくれた母は、雪子にとって唯一の大切な人だった。

ロールキャベージを前に手を止めた雪子を見て、嵩也が怪訝な表情を浮かべる。

「どうした?　この料理は好みではなかったか?」

雪子は慌てて首を横に振った。

「いいえ……いいえ。好きです」

ナイフとフォークを操り、雪子は柔らかく煮込まれた甘藍《キャベツ》を切り分ける。

口に入れた瞬間、覚えていたとおりの味に瞳が潤んだ。

あの日、楽しそうに笑っていた母。優しく雪子に話しかけてくれた父。

「雪子？」

嵩也が、驚いた顔で雪子の名前を呼んだ。

「何を泣く？」

問われて気が付いた。雪子の目から涙がこぼれていた。

「あら……？」

雪子は濡れた頬を指で拭った。心配そうな顔をしている嵩也に、無理に微笑みを見せる。

「あまりにもおいしくて……感激したのです」

「そうなのか……？」

嵩也は納得していない様子だ。

「おいしいものを食べると、幸せな気持ちになりますね」

そう言うと、あとは無言でロールキャベージを食べきった。

さらに、ビーフステーキ、トマトサラドが出てきた。このコースは盛りだくさんで、雪子の胃ははち切れそうだ。

最後の甘味はストロベリーアイスクリームだった。

匙で掬って口に入れていると、嵩也の手が止まっている。アイスクリームが溶けかけている。何やら悩んでいる様子だ。

(旦那様、どうされたのかしら)

不思議に思っていたら、嵩也は意を決したように、雪子の顔を見つめた。

「雪子」

あらたまった声で名前を呼ばれ、背筋が伸びた。

「はい」

「これを」

嵩也が背広のポケットに手を入れ、何か取り出した。

テーブルの上に置かれたのは、布張りの小箱だった。

きょとんとしている雪子の前で、嵩也が箱の蓋を開ける。中に入っていたのは、小さな貴石が付いた指輪だった。

雪子は戸惑いのまなざしを嵩也に向けた。嵩也は真剣な表情を浮かべている。

「お前に。結婚指輪だ」

「えっ……」

短い言葉だったが、嵩也の言葉には慈しみが込められていて、雪子の胸が一杯になった。

「私に……？」

「渡していなかったからな」

嵩也は小箱から指輪を取り外すと、

「手を出せ」

と、促した。

おずおずと手を差し出す。嵩也が雪子の手を取り、薬指に優しく指輪をはめた。

大きさを測られたわけではないのに、指輪は不思議と雪子の指にぴったりと馴染んだ。

手を上げて指輪を見つめる。シャンデリアの光に照らされ、輝いている。

ただただ驚き、何も言えないでいる雪子に、嵩也が悪戯っぽい笑みを向けた。

「金平糖のほうがよかったか？」

雪子は嵩也を見つめた。微笑みながらも、どこか不安そうにしているのは、雪子が喜んでいないと思っているからだろうか。雪子の口もとに笑みが浮かぶ。心の中に幸せが広がる。

左手を右手でぎゅっと握りしめ、雪子は笑った。

「嬉しいです。旦那様」

雪子の満面の笑みを見た嵩也が、眩しそうに目を細めた。

食事が終わった後、帰りがけに、雪子にとってもう一つ嬉しい出来事があった。

「ごちそうさまでした」と挨拶をして店を出ようとした時、

「雪子お嬢さん！」

懐かしい声に名前を呼ばれた。

はっとして振り返ると、以前、藤島邸で働いていた料理人が調理服姿でこちらを見ていた。

「あなたは……！」

目を丸くしている雪子に、料理人が近付いてくる。

「ああ、やっぱり雪子お嬢さんだ。厨房からちらりとお姿が見えて、もしかしてと思って出て来たんです。お久しぶりです」

料理人が嬉しそうに笑う。

「どうしてあなたがこのお店に？」

不思議に思って尋ねると、料理人は照れくさそうに鼻を掻いた。

「藤島様のお邸から解雇された後、知人がこのお店を紹介してくれたんです」

「まあ……！」

雪子は両手を合わせて目を輝かせた。

毬江に追い出された後、彼がどうなったのか心配していたのだ。立派な西洋料理店で働いていることを知って、心の底から嬉しく思った。

「よかった……。私のせいであなたをつらい目に遭わせてしまって、本当に申し訳ありませんでした」

深々と頭を下げた雪子を見て、料理人が慌てる。

「雪子お嬢さん、顔を上げてください。あなたのせいじゃない。あの家はおかしいんです。使用人を人と思っていない。辞めることができて、むしろよかったと思っています」

料理人は恨み言の一つも言わず、にこにことしている。

「使用人を人と思っていない……？」

二人の様子をそばで見ていた嵩也が眉間に皺を寄せたが、再会に感激していた雪子は気付かなかった。

「また食べに来てくださいね」

「それは……」

必ずと約束したかったが、平塚の妻という身では、勝手に西洋料理店に来て贅沢をするわけにはいかない。返事を躊躇《ためら》う雪子に、嵩也が微笑みかけた。

「来ればいい。俺が連れてこよう」

嵩也の思いやりに雪子の胸が温かくなる。今日はなんて幸せな日なのだろう。

「ありがとうございます、旦那様」

喜びで雪子が笑顔を輝かせると、嵩也は照れくさそうに「ああ」と応えた。

第三章　愛しき母親

「この帯締めをいただくわ。それから、そこの象牙の帯留めも。そっちのかんざしについているのは珊瑚？　綺麗ね。それもちょうだい」

光池家の客間で、毬江は目の前に広げられた品物の中から、欲しいと思ったものを適当に選んでいた。

「そちらの西陣織で帯を仕立てておいて」

「へえ、おおきに。毬江様」

手もみをしているのは、毬江が藤島家にいた時から利用している呉服店の番頭だ。

今日は利昭の帰宅が遅いとわかっているので、毬江は光池邸に番頭を呼びつけていた。

番頭が帰ると、毬江は女中に購入したものを自室に運ぶように命じた。

「適当にしまっておいて」

光池家の女中がこっそりと溜め息をつく。

「こんなに買っても、どうせ着られないのに」

嫁入りしてから、毬江は、周囲の者が呆れるほど、着物やドレス、宝飾品を購入していた。毬江の自室だけでは収まりきらず、今では空き部屋だった一室が衣装部屋になっている。

女中のつぶやきを耳ざとく聞きつけた毬江が、きっとしたまなざしを向けた。

つかつかと彼女に歩み寄り、手を振り上げる。

パシン。女中の頬が鳴った。

「今、何を言ったの？」

「も、申し訳ございません！」

女中が急いで頭を下げる。毬江は女中の髪を掴んで顔を上げさせると、もう一度、頬を叩いた。その勢いでふらついた女中を、他の女中が慌てて支える。

「無駄な口を利かず、とっとと運びなさい。それからサンルームに紅茶を持って来てちょうだい。お菓子もね」

「は、はいっ！　ただいま！」

女中たちが、毬江が買った品を抱えて客間を飛び出して行く。毬江は不機嫌に息を吐くと、客間からサンルームへ移動した。

硝子張りのサンルームは穏やかな春の日差しを取り込み暖かい。

庭を眺めていたら、また別の女中が紅茶とお菓子を運んできた。テーブルにカップを置く手が震えている。カップが揺れ、受け皿の上に紅茶がこぼれた。

「何をしているの？」

毬江に睨まれ、女中の肩がびくりと震えた。

「も、申し訳ございません！　すぐに淹れ直して参ります！」

サンルームを急いで出て行った女中の背中を見つめ、ぼそりとつぶやく。

「使えない子ばかり」

（ああ、わたくし、なんて可哀想なのかしら）

まるで、西洋の物語に出てくる、豪華な城に閉じ込められた姫のようではないか。

「わたくしの王子様は利昭さんではなかったのだわ」

毬江に相応しかったのは、もっと素敵なお金持ちの男性。

（平塚嵩也のほうが、まだマシだったかもしれないわ）

毬江は己の不幸に酔いながら、溜め息をついた。


その夜、めずらしく毬江の自室を訪れた利昭は難しい顔をしていた。

夫婦の夜の関係はとうの昔になくなっていて、毬江は二人の寝室ではなく、自分の部屋で寝ていた。まさか来ると思っていなかったので、突然の来訪に慌てる。

「旦那様、どうなさったのですか？」

毬江を求めにやってきたのだろうか？　毬江の気持ちは夫から離れているので、今さら乞われても床を共にする気にはなれないが、期待を持たせて翻弄《ほんろう》し、手ひどくふってやるのも一興かもしれない。

（わたくしを放置して蔑ろにしていたのだもの）

利昭がどう出るのか窺っていると、夫は暗い瞳を毬江に向け、重たそうに口を開いた。

「毬江さん、聞きたいことがあります」

「はい？」

一瞬、嫌な予感を覚えたが表情には出さず、にこやかに返事をする。

利昭は毬江をまっすぐに見つめると、深刻な口調で問いかけた。

「以前から気になっていたのですが……女中たちに暴力を振るっているというのは本当ですか？」

毬江は目を見開いた。

すぐに、誰かが利昭に告げ口したのだと気付く。

（誰が利昭様に話したの？　昼間、生意気な口を聞いた女中かしら。明日、たっぷりと折檻《せっかん》してやるわ！）

心の中の苛立ちを隠し、毬江は微笑みを浮かべた。

「そのようなこと、わたくしがするはずがございません」

けれど、毬江の否定に利昭は騙されなかった。

「あなたが頻繁に高額の買い物をしていることも知っています。あなたが多少お金を使おうとも、私は目をつぶっていました。けれど今日、執事から、あなたが女中たちに無体《むたい》な行いをしていること、かなりのお金を使い込んでいることを相談されました」

「光池家の妻として使用人教育を施しているだけですわ。それに、光池銀行の次期頭取夫人として、きちんとした身だしなみを整えていたいからこそ、お着物やドレスを誂えているのです」

「限度があります」

毬江の言い訳は、利昭には通用しなかった。一言で切り捨てられる。

利昭は深々と溜め息をついた。

「あなたの態度は目に余る。関係を考え直さねばなりません」

「考え直す……とは？」

「あなたとの間に、まだ子ができていなくてよかった。では、失礼」

冷たい言葉を残し、利昭は毬江の自室を出て行った。

「な、なによ！　考え直すって！　わたくしは何も悪くないわ！　こんなに美しいわたくしを妻にしているのだもの、態度を変えるのは、利昭様のほうではなくて！」

毬江は利昭が姿を消した扉に向かって毒づいた。

強がりながらも、嫌な予感に胸がざわつく。

――その予感は的中した。

それからしばらくして、毬江は光池家から離縁を申し渡された。


藤島家に出戻った毬江は、鬱屈した日々を過ごしていた。

光池銀行からの融資と平塚紡績との契約で、藤島汽船の業績は戻りかけていたが、実家の家計は以前ほどの余裕はなくなっていた。しかも、毬江が離縁された理由が散財だと知って、政雄はひどく腹を立てた。

けれど毬江は光池家にいる間に、すっかり贅沢に味をしめていた。実家で自由にふるまえないのが、つらくて仕方がない。

(前はわたくしがおねだりをしたら、着物でも宝飾品でも買ってくださっていたのに……！)

いらいらが募《つの》るので、女中への風当たりも強くなる。暴言と暴力が以前よりも増え、些細なことで折檻を受けるのを恐れた女中たちは、できるだけ毬江に近付かないようになった。用事を言い付けたくても、目の届くところに女中が控えていないので、毬江はさらに腹を立てた。

(怠慢もいいところだわ。今度、お父様に話して女中を全員入れ替えていただきましょう)

むしゃくしゃしながらも、窓から外に目を向ける。薔薇園の薔薇が、今を盛りと咲いている。

「気晴らしにお庭の散策でもしましょう」

バルコニーから外に出て、ゆっくりと薔薇園に向かう。

そよ風が毬江の長い髪を揺らした。まつげを伏せた憂い顔は美しいが、毬江の頭の中は「なぜ自分はこんなに不幸なのか」という不平不満でいっぱいだった。

「利昭なんかに嫁がなければよかった。このわたくしが出戻りだなんて……!」

『貞女は二夫に見《まみ》えず』との考えが強い世の中、再婚は世間体が悪い。このまま自分は生涯独り身なのだろうか。そんなのは絶対に嫌だ。

苛立ちながら、そばに咲いていた薔薇の花を摘んだ。棘《とげ》で指先が傷つき、毬江の顔が歪む。

「……っ!」

毬江は薔薇の花を地面に叩きつけた。花びらが無残に土の上にこぼれる。

「花までがわたくしを傷つける……！」

血がぷっくりと膨らんだ人差し指を見つめる。自分の白く美しい肌に傷が付いたことが許せない。

ふと、傷痕だらけだった義妹《ぎまい》のことを思い出した。痩せぎすで貧相で顔色も悪かった雪子。自分と母に痛めつけられて、体中傷だらけだった。

醜い義妹の姿を思い出したら、ほんの少し溜飲が下がった。

（あの子、今、どうしているのかしら）

自分の代わりに冷血漢だと噂の平塚嵩也に嫁いだが、街中で見かけた時は仲睦まじそうだった。

（あの愚図、どんな手を使って平塚嵩也に取り入ったのかしら？　体ではないでしょうし……。それとも平塚は、ああいう傷だらけの女が好みなのかしら？）

不思議で仕方ない。けれどすぐに「そうだわ」と思い直した。

（あの時の様子が常日頃の様子だとは限らないわ。平塚には病気の母がいるというし、鈍くさい雪子は姑からいびられているに違いないわ。この邸にいた時と同じように蔑ろにされて、女中働きをさせられているかも）

いじめられているか、無視をされているか。それを想像したら、雪子の現状が気になって仕方がなくなった。

毬江は妙案を思いつき、一人でほくそ笑んだ。

（わたくしは雪子の姉ですもの。姉が嫁いだ妹を気にかけて様子を見に行くのは、なんらおかしなことではないわ）

どうせ、藤島邸に籠もっていても暇なのだ。

平塚邸に赴いて雪子を嗤《わら》うのは、いい暇つぶしになるかもしれない。

（あの子の惨《みじ》めな姿を見てきてやりましょう）

毬江はさっそく平塚邸を訪ねようと、外出準備をするため、邸内へ戻った。


運転手に車を出させ、毬江は平塚邸へ向かった。

あえて連絡は入れていない。取り繕われたら面白くない。自分は、雪子が虐げられているところが見たいのだ。

平塚邸の門前まで来ると、毬江は運転手に車を停めさせた。「雪子の姉が妹の様子を見に来た」と、来訪を告げてくるように命じ、運転手を行かせる。

しばらく待っていると、運転手が車に戻ってきた。

「雪子お嬢様は、ただいま出かけておられるとか……」

「そうなの？　では、帰るまで待たせてもらいましょう。お前、門を開けるように言っておいで」

再び運転手を向かわせる。

（まあいいわ、雪子がいなくても……。平塚家がどれほどのものなのか、見てやりましょう）

成金の平塚家が、歴史ある藤島家よりも下だとわかれば、毬江の気持ちも多少は晴れる。

運転手はなかなか戻ってこない。窓から様子を見てみたら、門のそばで平塚家の下男と何やら揉めている。

「何をしているのかしら」

藤島家の長女を待たせるなんて失礼極まりないと不機嫌な気持ちでいると、運転手が下男を伴って戻ってきた。

何ごとかと思っていると、平塚家の下男が毬江に向かって頭を下げた。

運転手に目配せし、後部座席の扉を開けさせる。

「若奥様のお姉様とお伺いしました。ご足労いただいたところ大変申し訳ないのですが、若奥様も旦那様も外出中なのです。またの機会にあらためていただけましたら幸いです」

下男の言葉に毬江は呆気《あっけ》に取られた。この下男は身分差もわきまえず、華族の血を引く毬江を追い返そうとしている。

「では、待たせていただきますわ」

「で、ですが、旦那様がお留守の間に、邸に人をあげるわけには……」

埒《らち》の開かない下男にしびれを切らし、毬江は高飛車な声音で告げた。

「妹を想って訪ねて来た姉を、あなたの一存で追い返したとあっては、後で問題になるのではなくて？　下男に失礼な態度を取られたと、お父様に報告しますわ。あなたの行動が、藤島家と平塚家の関係を悪くするかもしれないわね」

毬江の言い様を聞いて、下男は顔色を変えた。慌てた様子で邸へ入っていく。

しばらく待っていると、再び下男が戻ってきた。「奥様がお会いになるそうです。どうぞ中へ」と告げる。

運転手を車に残し、平塚家の門をくぐった毬江は、下男に案内されて玄関へ向かった。

玄関ではふっくらとした体型の女中が毬江を待っていた。「いらっしゃいませ」と丁寧にお辞儀をして毬江を迎え入れ、客間へと案内する。

女中が一礼して客間を出て行くと、入れ違うように年嵩《としかさ》の女中を連れた上品な夫人が入ってきた。毬江が長椅子に座ったまま夫人の顔を見上げると、彼女は毬江に向かって微笑みかけながら名乗った。

「わざわざお訪ねくださいまして、ありがとうございます。雪子さんのお姉様だとお伺いしました。私は、この邸の女主人、静でございます」

名乗りを受けて、毬江は内心で「ああそういうこと」と納得した。

（この人が、病弱だという雪子の姑なのね）

静は線が細く、見るからに丈夫そうではない。

静が、自分が女主人だと言うからには、雪子はここでは立場が弱いのだろう。「ほら、みなさい。やはりあの子は虐げられている」と、毬江の気持ちがすく。

毬江の向かい側の椅子に座り、静はにこやかに続けた。

「雪子さんは、今、買い物に行っておられます。じきに帰って来ますので、よろしければこのままお待ちください」

静の勧めに、毬江は愛想のいい外面《そとづら》で答えた。

「そうさせてくださいませ」

先ほどのふくよかな女中がお茶を運んできた。添えられているのは、赤く透明な菓子だ。

（あら、ゼリーだわ）

洋菓子が好物の毬江の瞳が輝く。

匙を手に取り、遠慮なく口に入れる。ぷるんとしたゼリーは口当たり良く、中には苺が入っている。

（おいしいわ。どこのお店のものかしら）

夢中で食べている毬江の様子を見て、静が微笑んだ。

「そちらは雪子さんが作ったお菓子ですの。なんでも、苺を砂糖煮にして、ゼラチンというもので固めたゼリーだそうです」

（雪子が作ったもの？）

毬江は匙を動かす手を止めた。怪訝な顔でゼリーを見た後、すぐに「ああ、そうか」と気が付いた。藤島家では、料理人が毬江のためにお菓子を作る。雪子は平塚家で、料理人のように働かされているに違いない。

（ほら、やっぱり、蔑ろにされているのだわ）

お金持ちの実業家の奥方が、台所仕事をするなんておかしい。

心の中で納得していたら、静は嬉しそうに続けた。

「雪子さんのお菓子はおいしいのです。毎日のように作ってくださいますの」

（毎日、ね）

毬江は、にこりと笑みを返した。

「妹は変わり者なのです。実家にいた頃から、すすんで女中まがいのことをしておりました。大した学もなく、ご立派な平塚様のお役に立てるのか、姉心で心配しておりましたが、こちらで働かせていただいていると聞いて安心しました。不出来な妹ですが、使用人としてならばお役に立ちましたようで、何よりですわ」

毬江の言い様に、静が驚きで目を見張った。

「実家にいた頃から女中のように……？　雪子さんは確かにとても働き者ですが……」

「あの子は昔から、頭の悪いみそっかすですの。そんなあの子が、このように立派なおうちに嫁がせていただけたのは、奇跡のようなものですわ。ですから、存分に使ってやってくださいませ」

「ふふ」と笑う。雪子が使用人扱いされていることが、愉快でたまらない。

静の眉根が寄った。

「私たちは、雪子さんを使用人扱いになどしておりません！」

強い口調で否定した静に、毬江は驚いた。そばに控えていた年嵩の女中が、

「奥様！」

と、慌てた声を出した。

「雪子さんは素晴らしい嫁です。体の悪い私のことを気遣い、女中たちにも心をくばってくださる。確かに雪子さんは家事が得意のようですが、藤島家で女中まがいのことをしていたというのは、どういうことなのです？　なぜ、同じ藤島家のお嬢様で、実の姉のあなたが、雪子さんを貶《おとし》めるようなことをおっしゃるのです？」

雪子を庇う静に、毬江は戸惑いつつも、むっとした。長椅子から立ち上がり、怒り

のままに声を荒げる。

「実の姉などと……！　あの子は卑しい血筋の娘なのよ！　わたくしは華族の血を引いております。同じ扱いをされるなんて心外ですわ！」

「卑しい血筋ですって？」

毬江の言葉を聞いた静の唇が震えている。静は立ち上がると、毬江に向かって一喝《いっかつ》した。

「雪子さんを悪くおっしゃるあなたのほうが、よほど卑しい……」

最後まで言い切る前に、静は胸を押さえた。ひゅうと、口から息が漏れる。年嵩の女中が血相を変えて、前のめりになった静の体を支えた。

「奥様！」

女中はキッと毬江を睨み付け、毅然《きぜん》とした口調で言った。

「お帰りくださいませ。これ以上、奥様と若奥様を侮辱しないでくださいまし」

女中から命じられ、毬江の顔が赤く染まる。

「言われなくても帰りますわ！　さすが成り上がりの家ですこと！　主人も主人なら、女中も女中ね。失礼極まりないわ！」

さっと袖を翻《ひるがえ》して、毬江は客間を出た。

「奥様、しっかりなさってくださいませ。すぐにお医者様をお呼びします！」

背後から、女中の悲愴な声が聞こえてくる。

毬江は顔をつんと上げたまま、玄関へと向かった。

ミツを伴って買い物に出かけていた雪子が、玄関で「ただいま戻りました」と声をかけた途端に、サトが飛んできた。

「若奥様。奥様が、奥様が……！」

ただ事ではない様子に、雪子の顔色が変わる。

「お義母様に、何か？」

「お倒れになられました！」

「なんですって！」

ミツに荷物を預け、静が横になっているという部屋へ急ぐ。

「マツさん！」

襖を開けて声をかけると、焦燥した様子のマツが振り向いた。

「若奥様……！」

「お義母様が倒れたと……」

急《せ》く気持ちで部屋に入る。

静は青い顔で横になっていた。平塚家御用達《ごようたし》の医者が来ていて、静の容態を診ている。

「お医者様、お義母様は！」

焦りつつ問いかけると、医者は聴診器を耳から外し、落ち着いた声音で答えた。

「脈が乱れて発作を起こされたようですが、持ち直されました。とりあえず、命に別状はありません」

雪子はその場にへなへなと座り込んだ。

（よかった……）

安堵したものの、静の顔色は悪い。

「若奥様、少しお話をよろしいですか」

マツに耳打ちされ、雪子は「静が倒れた時の話だろうか」と思いながら立ち上がった。隣室へ移動し、マツと向かい合う。マツは言いにくそうにしていたが、思い切った様子で口を開くと、

「実は、先刻、若奥様のお姉様、藤島毬江様が訪ねていらっしゃいました」

と、話し始めた。

「えっ……毬江さんが？」

雪子の心臓が、嫌な予感でどきんと鳴った。

「毬江様は、奥様に向かって若奥様を侮辱することをおっしゃったのです。奥様はそ

れにご立腹され、興奮して言い返されました。それで……」

最後まで聞かずとも、雪子は悟った。優しい静は、毬江の暴言から雪子を庇ってくれたのだ。そして、発作を起こした……。

雪子は両手で口もとを押さえた。あまりのことに目眩《めまい》がした。

実家で何をされても、諦めこそあれ、怒りは感じなかった。喜代や毬江が雪子を厭う理由はわかっていたし、ある意味、当然だと受け入れていたからだ。

けれど今、雪子は毬江に対し、強い怒りを感じている。

唇を震わせている雪子を見て、マツが同情のまなざしを向けた。

「若奥様……お気を確かに」

「ええ……ええ、私は大丈夫」

雪子は畳の上に両手をついた。深々と頭を下げる。

「身内がお義母様に無礼を働いたこと、許されることではありませんが、代わりに謝罪させてください」

マツが慌てたように雪子の顔を覗き込んだ。

「若奥様！　若奥様は悪くありません！」

庇ってくれるマツの優しさに胸が痛む。雪子はしばらくの間、頭を上げることができなかった。

帰宅した嵩也は、普段なら迎えに出てくるはずの雪子の姿が見当たらず、首を傾げた。代わりにサトが出てきて、雪子は体調をくずしているのだと聞かされた。

「何があったのか」と問えば、日中、静が倒れたとのこと。

血相を変えた嵩也に、サトは、雪子が静の発作の原因は自分にあると自らを責め、過呼吸を起こしたのだと言った。無理に起きて静のそばに行こうとする雪子を、「奥様の体調は落ち着きましたので、ご安心ください」とふみとミツが宥《なだ》めて、部屋で休ませているのだと続けた。

雪子のことも心配だが、静の容態が気になる。嵩也はすぐさま静の様子を見に向かった。

離れではなく母屋の一室で休んでいた静は、嵩也が部屋に行くと目を覚ましていた。マツがそばについている。

「母上！　倒れたとお聞きしました！」

息を切らせて部屋にやってきた嵩也を見て、静は安心させるように微笑んだ。

「今はもう大丈夫よ。少し興奮しただけで発作を起こすなんて、情けないわね」

穏やかな静の様子を見て、嵩也はほっと胸をなで下ろした。

静のそばに座り、問いかける。

「女中から事情は聞きました。藤島毬江が訪ねてきたと……。何があったのですか？」

　真剣な表情を浮かべている嵩也に、静が難しい顔を向ける。逡巡した後、静は「実は……」と話し始めた。

「雪子さんに会いに、毬江さんがいらしたの。私が対応したのだけれど、彼女は突然、雪子さんを侮辱するようなことを言い出して……」

「雪子を侮辱？　一体どういうことです？」

　静は毬江の吐いた暴言を嵩也に教えた。

「雪子が実家で女中まがいのことをしていた？　しかも、頭の悪いみそっかすだと？　それが実の姉の言葉だというのですか？」

　嵩也の表情に怒りが浮かぶ。

「気になることも言っておられたわ。自分は華族の血を引いているけれど、雪子さんは卑しい血筋の者だから、同じ扱いはするな……と」

「卑しい血筋……？」

　眉間に皺を寄せた嵩也に、静は困惑の表情を向けた。

「あなたは、何か知っている？」

「俺は、藤島氏から何も聞いていない。雪子は藤島家の次女だとしか」

　そういえば、当初、嵩也に嫁ぐはずだったのは毬江だった。それが、雪子に代わった。何か事情があったのだろうか。

（ふむ……）

嵩也は頤《おとがい》に指を当てた。

（気になるな）

考え込んでいる嵩也を、静は静かなまなざしで見上げた。

「もし彼女が何か事情を抱えているのだとしても、私たちは雪子さんを信じましょう。雪子さんは心根の優しい方。私はあの子が大好きなの」

「ええ……そうですね。母上」

嵩也は静の手を握り、同意した。

静の部屋を後にして、今度は雪子の様子を見に向かう。

すると、途中の食堂で夕餉の準備をしている雪子の姿を見つけ、驚いた。

「雪子！　体の具合が悪いと聞いていたのだが、動いて大丈夫なのか？」

嵩也に気が付いた雪子が振り返り、

「旦那様」

と呼んだ。声に張りがなく、あきらかに元気がない。

雪子は自分の体調に関しては何も言わず、

「お義母様のご容態はいかがでしたでしょうか」

と静を気遣った。

「今のところは大丈夫そうだ」

そう教えると、ほっとした表情を浮かべる。

「私の身内のせいで……申し訳ございません」

雪子は体の前で手を揃え、深々と頭を下げた。

儚く消えてしまいそうな雪子の様子が痛々しく、嵩也は雪子の肩に手を触れた。

「話は聞いた。お前のせいではない」

「ですが、旦那様……」

顔を上げた雪子の瞳が潤んでいる。

つらそうな表情を見て、嵩也は雪子を引き寄せると、軽く肩を抱いた。

雪子の体が小刻みに震えた。泣いているのだろう。

（許さない。藤島毬江。今後一切、この家に入れるものか）

嵩也は雪子を抱きながら、唇を引き結んだ。


毬江の一件以来、静の容態は、あきらかに悪くなった。万が一のことが起きないよう、静は離れから母屋に移されている。

寝たきりになった静は、雪子の菓子も口にしなくなった。

仕事を早退し、静のそばに付いていた嵩也は、眠る静の手を握り、昔のことを思い出していた。

初めて静と出会った時も、静はこのように寝込んでいた。

今は亡き、父の言葉が脳裏に蘇る。

『お前は今日から平塚嵩也だ。これまでの名は捨てよ』

おそらく親が付けたのだろう、唯一の持ち物であった自分の名前を捨てた嵩也が、満ち足りた生活の代わりに与えられた役割は、母の生きがいになることだった。

「旦那様……お義母様のご容態はいかがでしょうか」

物思いに耽《ふけ》っていると、そっと襖が開き、雪子が姿を見せた。お盆を手にしている。

食べてもらえずとも、雪子は毎日、滋養のつく料理を作り、菓子を作り、静のもとへ持ってくる。

「眠っている」

「そうでございますか……」

嵩也の隣に座ると、雪子は表情を曇らせたまま、静の顔を見下ろした。雪子が責任を感じていることを、嵩也は察していた。

指輪がはめられた左手を握る。

「雪子、お前は気に病《や》まずともよい」

「………」

雪子は嵩也に目を向けたが、すぐに逸らし、俯いてしまった。

しばらくの間、二人で静を見守っていたが、目を覚ましそうにないので、マツと交代して部屋を出た。

廊下の窓から外を見る。二人の気持ちを表すかのように、空はどんよりと曇っている。

「今夜は雨が降るかもしれないな」

嵩也は、ぽつりとつぶやいた。

嵩也の予想どおり、その夜は激しい雷雨になった。

稲光が走るたび、隣の布団で横になる雪子が体を震わせる。

嵩也は雪子を守るように引き寄せた。静が倒れてから、雪子も食が細くなり、もともと華奢な体が、ますます華奢になっている。

そうして嵐が収まるのを待っていると、ひときわ大きな雷が落ちた。

「キャッ！」

「どこかに落ちたな。大丈夫か、雪子」

「は、はい……」

嵩也の胸に顔を埋めながら、雪子がか細い声で答える。

安心させるように頭を撫でていると、どたどたと廊下を走る音が近付いてきた。足音は襖の向こうで止まり、

「旦那様！」

サトの鋭い声が聞こえた。

ただ事ではない様子に、嵩也は飛び起きた。嫌な予感がする。

「どうした！」

襖を開け放って問いかけたら、サトは泣き出しそうな顔で、

「奥様が！」

と、答えた。

「……！」

嵩也は寝間着の裾をからげて駆け出した。静の部屋へ向かう。

雪子も後を追ってくる。

二人が静の部屋に入ると、静は布団の上に半身を起こし錯乱していた。

「嫌！　嫌ぁっ！」

頭を抱え、叫び声を上げている。マツが必死な形相で、

「奥様、落ち着いてください！　奥様っ！」

と、肩を押さえている。

「あの子がいない！　いないのよ！　どこへ言ったの？　私の可愛い嵩也……！」

誰かを探すように、片手で空を掻く。何も掴めず、静が「わぁぁ」と慟哭《どうこく》する。

「母上！」

嵩也は静のそばへ駆け寄り、手を握った。

「俺はここにいます！」

静は嵩也の手を振り払い、細く痩せ細った体のどこにそんな力が残っていたのだろうかというほど、大きな声で否定した。

「違う！　あなたじゃない！」

静の拒絶に嵩也は息を呑み、呆然とした顔で手を離した。

「嵩也！　嵩也はどこ？　やめて、連れて行かないで……！」

頭を抱え、悲鳴のような泣き声を上げる静を見て、嵩也の顔が歪む。一瞬、何も聞こえなくなり、嵩也の脳裏に孤独だった幼い頃の思い出が蘇った。――しんとした静かな雪景色の中、絶望の淵で死を見つめていた。

「旦那様！　しっかりなさってください！」

雪子の声が聞こえ、嵩也の意識が引き戻される。

「雪子……俺は」

「お義母様、嵩也様はここにいます！　落ち着いてください！」

「嵩也……どこ？　嵩也……」

静の目は虚ろだった。

「ううっ」

胸を押さえ、静が前屈みになった。発作が起こったのだ。その場の全員が顔色を変えた。

「奥様！　今、お薬を……」

薬箱から丸薬を取り出し、水差しから湯呑みに水を注ぐマツの手が震えている。

「ああ、嵩也……」

静が息を乱れさせながら、再び片手を伸ばす。嵩也はいてもたってもいられなくなり、静の体を抱きしめた。

「母上！　あなたは俺の母上です！　まごうことなき、俺はあなたの息子です！」

嵩也の悲痛な叫び声を聞き、静の表情が変わる。小枝のような腕が、嵩也の背中に回された。

「……たか、や……」

聞き取れないほど小さな声で息子の名を呼ぶと、静はゆっくりと目を閉じた。

雪子が口もとを両手で押さえた。嗚咽《おえつ》が漏れている。

静は、嵩也の胸の中で息を引き取っていた。

「母上……」

温かさの残る静の体を抱きしめ、嵩也は自分の無力さを呪った。

「奥様、奥様……」

マツが泣いている。

いつの間にか邸中の使用人たちが集まり、廊下から静の部屋の様子を窺っていた。

皆、いたましい表情を浮かべている。

その夜、嵐はなかなかやまなかった。


静の葬儀は故人の希望もあり、近親者だけで、ひそやかに執り行われた。

初七日が終わり、自室でぼんやりと庭を眺めている嵩也に、雪子はそっと近付いた。

声をかけずに隣に座る。

雪子の気配に気が付いた嵩也が振り向いた。

「……何か、聞きたいことがあるのではないか？」

静かに問いかけられ、雪子は、まっすぐに嵩也を見つめた。

悪夢のような夜、静は取り乱しながら、気になることを叫んでいた。

「…………」

けれど、それを聞いていいものなのかどうか迷い、雪子は口をつぐんだままだった。

雪子が何も言わないでいると、嵩也はもう一度、庭へ目を向けた。

しとしとと雨の降る庭には紫陽花《あじさい》が咲いている。

「……何から話せばいいのか……」

嵩也が訥々《とつとつ》と語り始めた。

「もう気付いているかもしれないが、俺は、母上の本当の息子ではない」

嵩也の告白に、雪子は息を呑んだ。

「母上の本当の息子……平塚嵩也は、十二歳の時に亡くなっているんだ。母上と同じ、体の弱い子供だったらしい。死去したのは、ちょうどこの時期で、激しい嵐の夜だったと聞いている」

雪子は黙ったまま、嵩也の話に耳を傾けた。

「母上には、それが耐えられなかった。現実を受け入れられず、精神を病んだ。夜な夜な嵩也を探して彷徨《さまよ》うようになった。父は、そんな母を見ていられなかったのだろうな。——俺は、もともとは孤児なんだ。貧しくて、いつも腹を空かせている子供だった。ある日、立派な格好をしていた男に物乞いをしたんだ。それが平塚の父だった。父は俺を見て驚いていたよ。俺は死んだ嵩也によく似ていたらしい」

ふっと嵩也は自嘲気味に笑った。

「引き取る代わりに、心を病んだ母のために、嵩也の身代わりとして生きろと言われた。俺は、その取り引きに応じた。懸命に勉学に励み、嵩也を演じた。母の夢遊病は治った。気の病も。だが、本当の意味では治ってはいなかった。母は、嵩也が生きていると思い込んだ」

嵩也が目頭を押さえた。

「俺を息子だと信じている母に尽くさなければならないと思いながらも、俺は自分が一体何者なのかわからなくなった。俺を愛してくれる母を愛していた。だが母が息を引き取った、あの夜にわかった。母にとって俺は偽物《にせもの》でしかなかったんだ。——いいや、俺は……俺こそが、本当に母を愛していたのか？　俺は自分が生きていくためだけに、母を騙していたにすぎないのではないか？」

悲痛な思いを感じ、雪子は堪えきれず嵩也を抱きしめた。

子供にするように、頭を撫でる。

「旦那様がお義母様を大切に想っていた気持ちは本物です。お二人の間にあったのは、誠の愛です。お義母様はきっと旦那様が嵩也様ではないと、とうに気付いておられたのではないでしょうか。あの夜、お義母様が旦那様に告げようとしたのは、否定の言葉ではないと思うのです。嵩也様ではないのに、ずっと嵩也様のふりをして、お義母様を支えてきた旦那様に、最期にありがとうを伝えたかったのだと思います」

何度も何度も頭を撫でる。嵩也の肩が震えている。

(ああ、この方は、ずっと一人で耐えていらしたのね)

守りたい、愛しいという気持ちが、心の中に沸き起こってくる。

しばらくの間、二人は抱き合っていた。

ようやく顔を上げた嵩也は、雪子の体を離し、

「……不甲斐ない姿を見せた。すまない」

と謝った。雪子は小さく首を横に振った。袂に手を入れ、しまっていた小瓶を取り出す。

「ミツさんに頼んで、買ってきてもらいました」

小瓶の蓋を開け、嵩也の手を取ると、中に入っている金平糖を数粒、手のひらに載せた。

「もしよろしければ、お召し上がりになってください」

勧められ、嵩也が金平糖を摘まむ。口に含み、目を閉じた。

「……甘いな」

雪子は、そっと微笑んだ。

「甘いものは、人に癒やしを与えてくれるのです」

その言葉を聞いて、嵩也がはっとしたように目を開けた。

雪子の顔をじっと見つめる。

「……いや、まさか……」

「旦那様？」

何か問いたげな嵩也の瞳を見て、雪子の心に不安が芽生えた。

嵩也は逡巡する様子を見せた後、思い切った口調で雪子に尋ねた。

「雪子、お前は藤島家の次女で間違いないな……？」

「……っ」

雪子は息を呑んだ。

自分のふるまいに、何かいぶかしがられるようなところがあっただろうか。

「なぜ、そのようなことをお伺いになるのですか？」

できるだけ表情を強《こわ》ばらせないようにしながら、雪子は問い返した。

（私が華族の血を引くお義母様の子ではないと、旦那様に知られるわけにはいかない。

私を嫁がせたお父様に迷惑をかけてしまう。平塚紡績の社長である旦那様が、何も知

らず芸妓だった妾の子を娶らされたと世間に知られたら、旦那様に恥をかかせ評判も落としてしまうわ）

自分は藤島家と平塚家の架け橋。ひいては、藤島汽船と平塚紡績の契約の証でもある。

（それに……私は、旦那様に離縁されたくない……）

藤島家だとか平塚家だとか関係なく、雪子は嵩也のそばにいたいと思っている。

（私の出自は隠し通さなければ……）

嵩也は己の秘密を話してくれた。それなのに自分は、夫を騙したままでいいのだろうか……。

「お茶を淹れて参ります」

後ろめたさにいたたまれなくなり、雪子は立ち上がると、逃げるように嵩也の部屋を後にした。

第四章　旦那様のために

「お客様がいらしているのですって？」

暇を持て余し、自室でお気に入りのドレスに着替えて、あれこれと宝飾品を身に付けて遊んでいた毬江は、紅茶を運んできた女中から来客の話を聞き、目を瞬かせた。

毬江が平塚家を訪ねてから季節は変わり、既に文月《ふづき》に入っている。

「誰？」

「千波《せんば》紡績の副社長様……千波彰一《あきかず》様とおっしゃる方です」

女中が、客の名前を思い出しながら答える。

「千波彰一？　どんな方？」

「お若くて、お顔立ちの整った方でした」

女中の言葉を聞いて、毬江は俄《にわか》に彰一に興味を持った。

「ご挨拶に行くわ」

めかし込んでいたところなので、ちょうどいい。

千波彰一がどの程度の男なのか見てやろうと、毬江はいそいそと階下へ向かった。

客間へ行くと、話し声が聞こえてきた。

「我が社は、ぜひ藤島汽船と取り引きをしたいと考えているのです。新工場を設立してから生産性が上がり、綿糸の輸出量が増えていましてね」

「それはありがたいお話です」

どうやら父と客人は仕事の話をしているようだ。毬江はかまわずに客間へ入った。

「失礼いたします。お客様がいらっしゃっているとお聞きして、ご挨拶に参りました」

突然毬江がやって来て、政雄が驚いたように振り向いた。苦い顔をしている。

毬江は父を無視して千波彰一に目を向けた。

明るい髪色に、均整の取れた顔つき。目は少し垂れていて、甘い雰囲気を漂わせている。女中の言っていたとおり、整った顔立ちの青年だった。歳の頃は二十代半ばといったところだろうか。

(この若さで副社長をなさっているの?)

平塚紡績の社長である平塚嵩也は二十二歳。副社長では平塚と比べて落ちるものの、身に着けている衣服は質が良く、お金はありそうだ。悪くはない。

毬江は微笑みを浮かべ、軽くドレスの裾を摘まんだ。

「はじめまして。藤島毬江と申します」

「藤島様のお嬢様でしたか。ご挨拶が遅れまして申し訳ございません。僕は千波彰一といいます。千波家の長男で、千波紡績の副社長をしております」

彰一は長椅子から立ち上がると、胸に片手を当て、優雅にお辞儀をした。洗練したしぐさに、毬江は思わず見とれた。

「藤島様にはお嬢様がお二人いらっしゃると噂で聞いておりましたが、このように美しい方だとは存じませんでした」

彰一が、商談に割り込んできた毬江に渋面《しかめっつら》を浮かべていた政雄に声をかけると、政雄はわざとらしく肩をすくめた。

「次女は平塚家の嵩也君に嫁いでおりますが、長女の毬江は、まだ良いご縁に恵まれず……。目に入れても痛くないほど可愛い長女なので、それ相応の相手でないと嫁がせられないという親心ですな」

光池家から離縁されたことを伏せて、愛想良く笑う。

（まるで、わたくしを行き遅れのように言わないでほしいわ！）

毬江はそんな父に鋭い視線を向けたが、彰一が、

「信じられない！　このような美しい方なのに、決まった方がおられないなんて！」

と声を上げたので、慌てて表情を戻した。

彰一は毬江と政雄を交互に見つつ、柔らかな口調で続けた。

「藤島様。もしよろしければ、今度、僕が毬江さんをお誘いするお許しをいただけま

せんか？」

思いがけない申し出に、政雄が驚きの表情を浮かべる。

「なんと光栄なことです。千波様ならば、安心してお任せできます」

「わたくしでよければ喜んで」

政雄の言葉にかぶせるように、毬江は素早く了承の意を示した。

彰一が嬉しそうに笑う。

「では、後日、連絡をさせてください」

「はい」

毬江は内心でほくそ笑んだ。

父の言い様には一言もの申したいが、彰一は再婚相手として悪くない。

（絶対に親しくなってみせるわ）

『貞女は二夫に見えず』などという考えは馬鹿らしい。自分は最高の男を捕まえて、最高の人生を送るのだ。

数日後、約束どおり彰一からの誘いがあった。

招待状を受け取り、指定された喫茶店に向かうと、彰一は店の前で待っていて、毬江の姿を見て嬉しそうな顔をした。

「毬江さん。来てくださって嬉しいです」

腕を毬江のほうへ差し出したので、毬江は軽く手を添えた。エスコートをされて、店に入る。落ち着いた店内には、蓄音機から音楽が流れている。給仕の男性に案内されて天鵞絨の椅子に向かい合わせに腰掛ける。

「アイスクリームなどはお好きですか？」

「ええ」

毬江の返事を聞き、彰一はアイスクリームと珈琲を注文した。

テーブルの上に肘をつき手を組んで、毬江の顔を見つめる彰一の視線が熱っぽく、毬江はわざとらしく恥じらってみせた。

「わたくしの顔に何か付いておりまして？」

「いいえ……お美しいなと思っていたのです」

「まあ……」

「あなたがこのようにお美しいのでしたら、妹さんもきっとお美しい方なのでしょうね。美人姉妹であられるのでは？」

(雪子をわたくしと同等扱いしないでいただきたいわ)

彰一の言葉に毬江はやや気分を害したが、表向きは穏やかに否定する。

「雪子はわたくしと違い、貧相ですの。痩せていて、顔色も悪くて、暗い子ですのよ。

平塚様のところへお嫁にいけたのは奇跡のようなものですわ。と言いましても、会社同士の都合で嫁いだだけなのですけれどもね。無能でも、お父様のお役に立ったのですから、せめて孝行ができて良かったと、妹も思っているでしょう」

「平塚……ね」

彰一の目が一瞬怪しく光った。

「ご結婚されたのがそのような理由でしたら、夫婦仲はどうなのでしょうね」

「さあ、存じませんわ」

「妹さんから何かお話を聞いておられないのですか？　例えば……夫の平塚嵩也君のことなど」

「嫁いでから一度も顔を見せてくれないのです。実家に挨拶にも来ないなんて、恩知らずな子です」

「そうなのですか。毬江さんは平塚の話は聞いておられない、ご結婚後の妹さんとのお付き合いもない、と……」

彰一が考え込むような顔をした。

「千波様？　どうかなさいましたか？」

「いえ、なんでもありません。ああ、アイスクリームが来ましたよ」

銀のお盆を手にした給仕が歩み寄ってくる。給仕は二人のテーブルまで来ると、アイスクリームと珈琲を置き、一礼して去っていった。

「まあ！　おいしそうですわ」

「どうぞ、召し上がれ」

彰一に勧められ、毬江は匙を手に取った。

毬江を見る彰一の瞳は一転して冷めていたが、アイスクリームに夢中だった毬江は、彼の変化に気付かなかった。


「神戸へ？　私も……ですか？」

静が逝去してから、ひと月ほど経ったある日。

帰宅した嵩也から突然の誘いを受け、雪子は驚いた。

「ああ。父の代から懇意にしている、英吉利《イギリス》人のチャーリー・ロバーツ氏から、『奥様を連れて、遊びに来ないか』とお誘いがあった」

嵩也が脱いだ背広を受け取り、衣桁に掛けながら、雪子は悩んだ。

（英吉利の方……。ということは、きっと英語をお話しになるのね）

雪子は読み書き、日舞はできるものの、外国語は全くわからない。

（平塚紡績の社長夫人に学がないと知られたら、旦那様に恥をかかせてしまうわ）

雪子が僅かに眉間に皺を寄せていることに気付いたのか、嵩也が苦笑いを浮かべた。

「雪子の気が重いなら、来なくてもよい」

それでは、せっかく「夫婦で」と誘ってくれたチャーリーに失礼だと思い、雪子は覚悟を決めると、

「参ります」

と、答えた。

チャーリーの邸へ向かうのは七日後だという。「ぜひ、泊まっていってくれ」と言われていると聞き、雪子は、自分たち夫婦が結婚後、初めて共に外泊をするのだと気が付いた。

（どうしましょう。旦那様と余所《よそ》様のお宅にお泊まりだなんて緊張するわ……）

そうは思えど、どこかわくわくしている自分に気付く。

けれど、目下の問題は語学だ。嵩也は英語が堪能らしい。嵩也に習おうかと思ったものの、仕事に忙しい彼に頼めるはずもなく、雪子は頭を悩ませた。

（英語を教えてくださるような方がいらっしゃらないかしら……。せめて、ご挨拶の言葉ぐらいは身に付けたい。――あっ、そうだわ！　あの方に伺ってみましょう）

翌朝、秘書の多岐川が、いつものように嵩也を迎えに来た。さっさと自動車へ向か

う嵩也の後に続こうとした多岐川を、雪子は急いで呼び止めた。

「多岐川さん」

草履を履いて玄関から下りてきた雪子を、多岐川が振り返る。

「はい？　なんでしょうか、奥様」

軽く首を傾げた多岐川に、雪子は嵩也に気付かれないように小声で尋ねた。

「どなたか、英語に堪能な方をご存じないでしょうか？」

「英語……ですか？」

多岐川は一瞬きょとんとした後、すぐに事情を察したのか「ああ！」と手を打った。

「そういえば、今度、神戸のロバーツ氏のところへお伺いするのでしたね」

「ええ、そうなのです。お伺いするまで間《ま》がないので、完全に習得するのは無理でも、ご挨拶ぐらいはロバーツ様のお国の言葉でできたらと思いまして……。どなたかに教えていただけるとありがたいのですが、私には心当たりがなく、旦那様に頼むのも、期待はずれに終わって残念なお気持ちにさせてしまったらと思うとできなくて……」

雪子の頼みに、多岐川の目が優しくなる。

「……奥様の献身ぶりには、脱帽しますね」

「はい？」

多岐川の声は小さくて、雪子はよく聞き取れなかった。

「心当たりがありますので、ご紹介いたします。その方のところへ行ってみてはいかがでしょうか」

多岐川の提案に、雪子の顔が輝く。

「助かります」

「少し……いや、かなり変わっている人物ですが……まあ、大丈夫でしょう」

「……？」

（変わり者？　どのような方なのかしら）

若干の不安を感じたものの、今は藁《わら》にも縋《すが》る思いだ。雪子は深々と頭を下げた。

「よろしくお願いします。ぜひご紹介くださいませ」

「では、後で連絡先をお伝えしますね」

「多岐川、何をしている？」

車のそばで、嵩也が多岐川を呼んでいる。多岐川は振り返り、

「ただいま参ります」

と、答えた。

車へ向かおうとした多岐川に、雪子は最後に早口でお願いした。

「あの、多岐川さん、このことはどうか旦那様にはご内密に……」

習得できなければ恥ずかしい。――こんな弱気ではいけないのだが。

すると多岐川は、雪子の複雑な思いを感じ取ったのか、目を細めて、

「かしこまりました」

と、微笑んだ。

午後になり、多岐川の遣いだという平塚紡績の従業員が平塚邸にやって来た。

「奥様でしょうか？」

頰に面皰《にきび》のある青年が、にこやかな笑みを浮かべる。

「営業部の槙下《まきした》です」

槙下は名乗った後、

「多岐川さんから言伝《ことづて》を頼まれました。『約束の方に話をつけたので、明日、等持院《とうじいん》に行ってください』とのことです」

と、続けた。

「等持院？」

（確か、衣笠《きぬがさ》にあるお寺だったような……。先生は、僧侶の方なのかしら？）

雪子が首を傾げていると、槙下が紙を差し出した。

「蝶野英美《ちょうのひでみ》さんという方だそうですよ」

「蝶野、英美さん……」

紙を受け取り、華やかな字面《じづら》の名前を見て、雪子は多岐川が紹介すると言った相手

は女性だったのかと意外に思った。

翌日、嵩也を見送った後、雪子は外出用の着物に着替え、平塚邸を出た。

衣笠は平塚邸から、かなり離れている。最寄りの駅から市電に乗り、北野《きたの》の停留所で降りると、その後は歩いて衣笠へ向かった。

北野の停留所前には北野天満宮《きたのてんまんぐう》があり、京都の花街《かがい》の一つ、上七軒《かみしちけん》も近い。このあたりには民家も建っていたが、さらに西へ向かうと、田畑が広がるようになった。衣笠山《きぬがさやま》の緑が美しい。遠目に、かやぶき屋根の家も見える。のどかな風景に、雪子の気持ちが和んだ。

途中ですれ違った男性に等持院の場所を聞く。

ようやく目的地に辿《たど》り着いた雪子は、目を丸くした。

「まあ……！」

等持院の敷地内に、活動写真の撮影所があった。雪子の目の前を、かつて江戸だった頃の武士のような、髷《まげ》に帯刀姿の男性が横切って行った。大道具や小道具を運ぶ人、何やら慌ただしそうに駆け回っている人……。大層賑やかだ。

雪子がぽかんと立ち尽くしていると、老齢の侍に声をかけられた。

「嬢ちゃん、どうしはったんや？」

人のよさそうな侍に、雪子は慌てて答えた。

「私、人を訪ねてここへ来たのです」

「ほう？　誰や？　もしかして、誰かを贔屓《ひいき》にしているのかい？　知り合いでもないんやったら、会わせられへんよ」

「多岐川さんという方に紹介されて、蝶野英美さんを訪ねて参りました。こちらにいらっしゃるとお聞きしたのですが」

　雪子の回答に、侍が驚いた顔をする。

「英美ちゃんの知り合いの多岐川っていうと、平塚紡績の切れモンの番頭かい？」

「番頭？」

「あそこの若い親分の右腕やろう？」

　侍が嵩也と多岐川をやくざ者のように言うので、雪子は苦笑してしまった。

「おじさまは多岐川さんと夫――平塚をご存じなんですね」

　雪子の言葉に、侍の目がさらに丸くなる。

「夫って、あんた、平塚紡績の社長夫人かい！　そりゃ、こんなところで立ち話させて悪かった。こっちにおいで」

　侍が雪子を手招いたので、雪子は素直について行った。撮影の道具を興味深く眺めながら、案内された建物に入る。そこは食堂なのかテーブルと椅子が並んでいて、侍は雪子を座らせた後、

「ちょっと待っとき。英美ちゃん、呼んでくるし」

と言って、どこかへ行ってしまった。

(どうしたらよいのでしょう……)

このまま座って待っていればいいのかと迷っていると、しばらくして食堂に一人の女性が現れた。年の頃は二十代半ば。断髪に洋装姿。細面《ほそおもて》で肌は白く、美しい顔立ちをしている。

ハイカラな女性の姿に思わず見とれていたら、彼女が雪子に気が付いた。

「源《げん》さんに言われて来たのだけど、あなたが平塚社長の奥さん?」

まっすぐに近付いてきて、笑みを見せる。雪子は立ち上がってお辞儀をした。

「はい。私は平塚雪子と申します。もしかしてあなた様は……」

雪子が最後まで問うよりも早く、女性が名乗った。

「あたし、蝶野英美。女優をしてるの。あなた、タキ君から聞いて、ここに来たんでしょう?」

(た、たきくん?)

朗《ほが》らかな英美の言葉に面食らう。

「タキ君はあたしの幼馴染みなの。一歳年下だから、昔っから弟分みたいなものでね。無愛想な子だけど、突然『自分の会社の社長夫人に英語を教えてやってほしい』って頼まれて、びっくりしたわ」

　英美は身振り手振りを加えながら、ぺらぺらと喋った。しぐさに茶目っ気があり、表情も豊かな英美に、雪子は自分にはない魅力を感じた。

「すみません。多岐川さんには私からお願いしたのです。どなたか英語の先生になってくださる方を紹介していただけませんか、と」

「ふふ。事情は聞いてるわ。ご主人と一緒に、外国人のお友達の家に遊びに行くのですってね。ご主人に恥をかかせないために英語で挨拶をしたいだなんて、あなた、とってもご主人想いね。あたしでよければ協力するわ。タキ君にも……それから、あなたのご主人にも、恩を売っておきたいしね」

「恩？」

　首を傾げた雪子に、英美はあっけらかんと笑いかけた。

「平塚紡績って、今ここで撮影されている活動写真に出資してくれた会社の中の一社なのよ。社長さんが、この撮影所に見学に来たこともあるわ」

　雪子は「なるほど」と納得した。先ほどの侍が嵩也と多岐川を知っていたのは、そういう理由だったのだ。

（そういえば、旦那様はハイカラなものがお好きだったわ。以前、一緒に活動写真を見に行ったこともあるし……）

嵩也と共に買い物に出かけた時のことを思い出す。

「女優さんのお仕事の合間に私の教師になってくださるなんて、お時間は大丈夫なのでしょうか？」

心配になって尋ねると、英美は肩をすくめた。

「気にしないで。女優と言っても、まだ三流よ。今回の活動写真も端役《はやく》なの。でもね、いつか主役をはるのが、あたしの夢」

悔しそうにそう言った後、英美に笑顔が戻る。

「だからね、出番も少なくて時間もあるし、出番待ちの合間に、あなたの英語の先生をするのもお安いご用なのよ。監督から許可も取っているしね」

多岐川との友情による親切だけでなく、仕事上の打算も含んでいるのだと匂わせる英美を見て、雪子は「この方は、優しくて賢い方なのだわ」と思った。

（私に気を使わせないようにしてくださっているのね）

「あまり時間はないのでしょう？　ビシビシいくわよ、雪子さん」

英美が雪子の手を取った。「頑張りましょう」と言うように握手をする。雪子は素直な笑顔で頷いた。

「はい。よろしくお願いいたします」

それから雪子は、毎日、等持院の撮影所へ通った。午前中は家事をして、嵩也が帰宅をするまでには戻らないといけないので、英美に英語を教わる時間は、一、二時間ほどしかない。

「Nice to meet you. お会いできて光栄です。はい、Repeat after me.」

「な、ないすつ、みーちゅー」

「Nice to meet you.」

「な、ないすとぅ……」

雪子は一生懸命に英美の言葉を繰り返した。雪子の発音は全く日本語のままだったが、英美の発音は流暢《りゅうちょう》だ。

一通り授業が終わった後、雪子は感心した面持《おもも》ちで英美に問いかけた。

「英美さんは、とても英語がお上手ですが、どちらで習得されたのですか？」

「あたし、若い頃に主人に付いて、欧州へ行っていたことがあるのよ」

英美がさらりと返した答えに驚く。

「えっ、ご主人と欧州へ？」

「英吉利、仏蘭西《フランス》、独逸《ドイツ》……あちこち回ったわ。楽しかったわよ」

懐かしそうなまなざしで遠くを見つめているが、英美はどこか複雑な表情を浮かべている。

（海外へ行っておられたのは、何かご事情があるのかしら……）

海外渡航にはお金がかかるものだ。庶民が簡単に行けるわけではない。

雪子の疑問を察したのか、英美が雪子に視線を戻した。

「あたしの主人は画家なの。もとは呉服屋の三男でね、子供の頃に美術の学校に入って、西洋画の勉強をしたの。その後、画塾に入って、展覧会で賞を取って有名になったのだけど、妻を亡くしてからすぐに自分の子供ぐらいの若い女と結婚してね……妻が生きている時から不倫をしていたんじゃないかって非難されたの。そんな事実はなかったのにね。それで才能の不振に陥ってしまって、後妻を連れて、留学と称して海外へ逃げたのよ。――で、その後妻があたし」

雪子はどう反応していいのかわからなかったが、英美はカラッとしていた。

「日本へ帰ってきてからも、彼の不振は直らなくてね。今はすっかり、うだつのあがらない無職のおじさん」

呆れたような言葉遣いながらも、英美の口もとには笑みが浮かんでいる。

「でもね、あたしにとっては、優しい旦那様。だから、あたしが頑張って、有名女優にならないといけないのよ」

「ご主人を愛していらっしゃるのですね」

雪子も笑みを返すと、英美はさらに笑った。

「そう見える？　ふふ、そのとおりよ！　納得のいく絵が描けないって、いつも頭を抱えているあの人が、あたし、大好きなの」

　英美は前のめりになると、雪子の目を見つめた。

「雪子さんのご主人はどんな方？　以前、この撮影所にいらした時、ちらっと姿を見かけたけれど、とっても格好いい外見をしていらしたわ。俳優になれそうよ」

「俳優……」

　雪子は、銀幕の中にいる嵩也を想像してみた。英美の言うとおり、似合いそうだ。

「どうでしょうか。素敵だとは思いますが、主人は今の仕事が大事なようなので……」

　嵩也は、会社と従業員を大切にしている。亡き父親から受け継いだ平塚紡績を大きくしようと、日々頑張っている姿に、雪子は尊敬の念を抱いていた。だからこそ、自分が足を引っ張るわけにはいかないのだ。

「タキ君からも聞いたわ。社長さんって仕事の鬼なんですってね」

　英美の言葉に、雪子は苦笑した。

「そのように噂をされていると聞いたことがあります」

　実際の嵩也は「鬼」などではなく、仕事に誠実な優しい人だ。

「でも、タキ君、社長さんは奥様のことは大切にしていらっしゃるって言っていたわ。社長さんは、奥様の作るお菓子が大好きなんですって。毎日会社で嬉しそうに食べていらっしゃるって。それを聞いて、なんて素敵な方だろうと思ったのよ」

まさか多岐川経由で英美にそんな話が伝わっていたとは知らず、雪子は驚いた。同時に、嵩也が雪子のお菓子を「大好き」だと思ってくれていたことがわかり、嬉しくなる。

「旦那様が、私のお菓子を……」

頬を染めた雪子を見て、英美が「あらあら、まあまあ」と片手を口もとに当てた。

「その反応、可愛いわぁ、雪子さん」

冷やかすような英美の視線に、雪子の顔がさらに赤くなる。

ひたすら照れていた雪子だが、英美の次の質問で、心臓が嫌な音を立てた。

「ねえ、二人にお子さんはいないの？」

「えっ……」

「そんなに仲睦まじいのだったら、お子さんもいらっしゃるでしょう？」

「それは……その……」

口ごもった雪子を見て、英美が「しまった」という表情を浮かべる。

「あっ、うちもね、いないの！　まだ夫婦二人でいたいから気にしていないわ！　あでも、夫には、前妻さんの間に子供がいるけれどね。その子、あたしと歳がそんなに変わらないのよ」

英美は、二人に子供ができないのだと、はやとちりしたようだ。慌てたように自分の家の事情を話し始めた。英美に気を使わせたと思い、雪子は小さく微笑んだ。

「子供は授かりものですので……そのうち……」

「そうそう！　そうよね！　――あっ、いけない、もうこんな時間。雪子さん、帰りの電車は大丈夫？」

懐中時計を取り出し、英美が心配そうな顔をする。英美の手もとを覗き込んだら、確かにもう家へ帰らないといけない時間だった。

「そうですね。では、そろそろお暇《いとま》します」

「うん、気をつけて。入り口まで見送るわ」

雪子は撮影所を出ると、北野の停留所へ向かった。

『そんなに仲睦まじいのだったら、お子さんもいらっしゃるでしょう？』

英美の言葉が心に刺さっている。

雪子と嵩也の距離は近付いていたが、夫婦らしい関係は、まだ一度もない。

薬指の指輪を撫でて、ぼんやりとした不安に苛《さいな》まれる。

（私たちは、本当に夫婦なのかしら……）

けれど、仮にその時がきたら、自分は一体どうするのだろう。

傷だらけの醜い体を嵩也に見られたくない――

表情を曇らせる雪子の耳に、市電が近付いて来る音が聞こえた。


ついに、神戸へ行く日がやってきた。

雪子は前夜からそわそわしつつ、宿泊の用意を調《ととの》えた。

当日の朝は多岐川が自動車で迎えに来て、京都駅まで送ってくれた。

京都から神戸までは、約二時間。車窓から流れる風景を楽しむ。今日はどことなく、嵩也もくつろいだ雰囲気だ。

神戸に着くと、人力車に乗り、異人館が多く建つという山手のほうへ向かった。

人力車は、急な坂道をゆっくりと登っていく。建ち並ぶ洋館の屋根は切妻か寄棟。外観にはベランダがあり、外壁は張出窓《はりだしまど》によって変化がつけられ、窓にはよろい戸がついている。下見板は明るい色彩のペンキで塗られている。通り過ぎていく建物を、雪子は興味深い気持ちで眺めた。

人力車に揺られること、しばし。雪子と嵩也は、一軒の洋館に到着した。

白い壁に緑色の窓枠が美しい。屋根は瓦葺きだ。

嵩也が柵に触れると、鍵はかかっていなかった。ギイと押して敷地内に入る。

玄関扉の横に付いたベルを鳴らすと扉が開き、豊かに波打つ茶色の髪をした婦人が現れた。

「Hello, Takaya! Thank you for coming.」

にこやかな笑みでさっそく英語で挨拶をされ、雪子は緊張した。嵩也が、

「Hello, Emily. How are you?」

と、流暢に返す。

雪子にも、なんとか名前が聞き取れた。彼女はエミリーというようだ。

エミリーの背後から紳士が現れた。金色に近い髪に、薄い茶色の瞳をしている。年の頃は五十代後半。すっきりとした姿に、格子柄のチョッキが似合っている。

「Hello, Charlie!」

嵩也が片手を差し出した。

（この方が、チャーリーさん）

神戸へ来る前、雪子は嵩也から、チャーリー・ロバーツは嵩也の父が仕事関係で世話になった人物だと聞いていた。チャーリーと商談するために神戸に出張する父に付いて、嵩也も少年の頃からロバーツ邸を訪れていたそうだ。チャーリーは当時から、聡明な嵩也を気に入っていたらしく、「とても可愛がってくれた」と嵩也は懐かしそうに話していた。

「やあ、嵩也君。よく来たね」

チャーリーが日本語を使ったので、雪子は驚きつつもほっとした。

（この方は日本語がおできになるのだわ）

「静さんのことはお気の毒だった。葬儀に出席できなくて悪かったね」

チャーリーの言葉に、嵩也は「いいえ」と首を横に振った。

「何かあれば近親者だけで静かに送ってほしいというのが、母の遺言でしたから」

「そうか。静さんらしい」

チャーリーは微笑んだ後、嵩也の後ろに控える雪子に目を向けた。

「そちらのお嬢さんが、君の妻かい？」

「ええ。そうです。雪子といいます」

嵩也が雪子の背を軽く押す。一歩前に出た雪子は、緊張しながら、

「My name is Yukiko. Nice to meet you.」

と、英美仕込みの英語で挨拶をした。嵩也が目を丸くする。チャーリーとエミリーは、「おや」「あら」という顔で目を細め、

「Nice to meet you, Yukiko.」

「It's my pleasure to meet you.」

と、返した。

「雪子さんは英語ができるんだね」

チャーリーは感心した様子だったが、雪子は小さな声で正直に告げた。

「すみません、付け焼き刃でして、堪能ではなく……」

「はは、挨拶だけでも大したものだよ。私は日本語がわかるから、普通にしてくれたらいいよ。ああでも、妻はあまり日本語が得意でないから、ごめんよ」

チャーリーの言葉に、エミリーが「Sorry.」と謝る。

「部屋へお入り」

チャーリーが手招き、雪子と嵩也は、促されるままに洋館の中へ入った。

振り返ると、玄関扉の上部にステンドグラスが嵌《は》めこまれていた。アールヌーヴォー調の植物に陽が差し、床の上に色付きの影を作っている。二階へ続く玄関ホールの階段の手すりや、折り返した階《きざはし》の裏側には、精緻な彫刻が施されていた。

（美しいお邸だわ）

藤島邸の洋館よりも規模は小さく派手ではないが、細部まで考えて造られたのだとわかる。

「応接間はこっちだよ」

チャーリーの後に続きながら、嵩也が雪子に囁きかけた。

「雪子。君はもともと英語ができたのか？」

「いいえ。……実は多岐川さんに頼んで、先生を紹介してもらったのです」

雪子が答えると、「それは知らなかった」と嵩也が驚いた顔をした。

「いつの間に」

「ここ数日の間だけです。多岐川さんの幼馴染みだという、蝶野英美さんという女優さんに教えていただいていました」

「多岐川の奴、何も言っていなかったぞ」

「私が『旦那様にはご内密に』と、お願いしたのです」

「なぜだ？　英美さんは確かに渡欧経験があり、英語も堪能だとは聞いているが、俺に言ってくれれば、教師など、すぐに手配したのに」

秘密にされていたことが悔しいのか、嵩也は僅かだが、唇を尖らせている。

めずらしく拗《す》ねた顔が可愛くて、雪子の胸が、とくんと鳴った。

「習得できないと恥ずかしいと思ったのです。旦那様にお頼みすると、期待をかけてしまうかもしれませんから。でも、旦那様の大切なお友達に会うのですから、その方のお国の言葉でご挨拶をしたくて……」

自分の気持ちを説明すると、嵩也は指先で雪子の頬に軽く触れた。

「俺の友人に礼を尽くそうと思ってくれた雪子の気持ちが嬉しい」

「旦那様……」

顔を上げ、嵩也を見つめる。嵩也の口もとに、優しい微笑が浮かんでいる。

二人の様子に気が付いたのか、チャーリーが振り向いた。

「Takaya and Yukiko are a happy couple.」

「チャーリーっ！」

雪子はチャーリーが何を言ったのかわからなかったが、嵩也が顔を赤らめて、チャーリーを睨んだ。夫のめずらしい反応に雪子は驚いたが、チャーリーは悪戯っぽい表情で二人を見て笑っている。

「I am glad you look happy.」

「……Yes」

嵩也が子供のような顔でそっぽを向く。嵩也と雪子の後ろを歩いていたエミリーも、くすくすと笑っていた。

「……？」

意味がわかっていないのは、ただ一人、雪子だけだった。

（もっと英美さんに習っておくのだったわ）

日数が足りなかったのが悔やまれる。

応接間の長椅子に落ち着くと、エミリーが紅茶を運んできた。エミリーが出してくれた丸く素朴な形に膨らんでいる菓子を見て、雪子は目を瞬かせた。ジャムとクリームのようなものも添えられている。興味津々な雪子に気が付いたのか、エミリーとチャーリーは顔を見合わせた。

「スコーンは初めてかい？」

チャーリーの問いかけに対し、雪子も質問を返した。

「これは、スコーンというお菓子なのですか？」

「イギリスで好まれているお菓子だよ。ジャムとクロテッドクリームを付けて食べるとおいしいんだ。どうぞ召し上がれ」

「英吉利のお菓子……」

雪子はそっとスコーンを手に取った。縦に割ろうとした雪子を、エミリーが、

「Stop.」

と、止める。スコーンを手に持ったエミリーが横に割る。そこへジャムとクロテッドクリームを載せた。「こうして食べるのよ」と言うように、口に入れる。

（二つに割ってから、ジャムなどをつけるのね）

雪子もエミリーの真似をしてスコーンを割り、ジャムとクロテッドクリームを塗る。一口食べて、雪子は目を丸くした。

「おいしいです！」

「俺もいただこう」

嵩也もスコーンを食べ、懐かしそうに顔をほころばせる。

「相変わらず、エミリーのスコーンはうまいな。雪子は菓子作りが得意だが、スコーンも作れるか？」

嵩也の質問に、雪子は首を横に振った。

「作り方を存じません。けれど、教えていただければ……」

二人のやりとりを聞いていたチャーリーが、「へぇ！」と目を丸くした。

「雪子さんはお菓子作りが好きなのかい？　それなら、エミリーにレシピを教えてもらうといい。Emily. Could you teach Yukiko how to make scone?」

チャーリーに声をかけられたエミリーは微笑んで、

「Of course, yes.」

と、頷いた。

「雪子、エミリーがお前にスコーンの作り方を教えてくれるそうだ」

嵩也が通訳をしてくれて、雪子は「まあ！」と両手を合わせた。

「本当ですか？　嬉しい！」

「少し休んだ後に教えてもらうといいよ」

チャーリーの言葉に「はい」と頷く。

（楽しみだわ）

おしゃべりが弾み、応接間で一時間ほど過ごした後、エミリーが雪子に声をかけた。

「行コウ、ユキコ」

エミリーが初めて日本語を話した。全く話せないというわけではなく、簡単な言葉なら大丈夫なようだ。

「行っておいで」と嵩也に勧められ、雪子は長椅子から立ち上がった。

エミリーと共に応接間を出る時、ちらりと振り返ると、嵩也とチャーリーの会話は世間話から仕事の話へと移っていた。


ロバーツ邸の台所は、最新式の電気製品が揃っていて夢のようだった。

電気トースターに電気ポット。雪子が最も羨ましいと思ったのは、ロースト用の電気ストーブと、電気コンロだ。

「素敵なお台所……！」

両手を組み合わせ目を輝かせている雪子を見て、エミリーが微笑んでいる。

エミリーからエプロンを借り、さっそく菓子作りに取りかかる。

冷蔵庫から取り出した冷えたバターを細かく切り分け、メリケン粉やベーキングパウダー、砂糖などと一緒にして、手でぼろぼろに混ぜ合わせる。牛乳や卵、塩を加えて混ぜ込んだ後、冷蔵庫で一時間冷やし、型抜きをしてから電気ストーブに入れた。

生地を冷やしている間と焼き上がりを待つ間、台所で丸椅子に腰掛け、雪子とエミリーはおしゃべりを楽しんだ。お互いに相手の国の言葉が完璧にわかるわけではないものの、表情やしぐさから、何を言っているのか、なんとなく察することができる。

いい匂いが立ちこめてきた頃、「It smells good.」と言いながら、一人の青年が台所に入ってきた。年の頃、二十代後半。明るい茶色の髪がエミリーとそっくりだ。

「There's a beautiful woman.」

雪子に目を留め、青年がにこりと笑った。

「あ、あの……My name is Yukiko Hiratsuka.」

名前を聞かれたのだろうかと思い、急いで名乗ると、青年がまっすぐに歩み寄って来た。軽くお辞儀をして、雪子の手を取る。

「僕はオリバー・ロバーツ。君はユキコっていうんだ？　ヒラツカってことは、タカヤのワイフなんだね」

(わいふというのは、確か妻という意味でしたよね。なぜ私の手を……？　英吉利流の挨拶なのでしょうか)

突然、手を握られて戸惑い、思わず振り払ってしまう。

(あっ、失礼だったかしら)

焦る雪子に気にした様子もなく、オリバーが朗らかな声音で続ける。

「今日はタカヤがワイフと一緒に遊びに来るっていうから、早めに仕事を切り上げて帰ってきたんだけど、こんなに可愛い女の子を連れてくるなんて思っていなかったな。あの堅物なタカヤには、もったいないなぁ」

オリバーの熱いまなざしに、雪子はたじろいだ。

その時、背後で物音がした。振り向くと、台所の入り口に不機嫌な顔をした嵩也が立っていた。

「オリバー。俺の妻から離れろ」

「やあ、タカヤ。久しぶり！」

オリバーは嵩也に向かって軽く片手を上げた。雪子に背中を向け、嵩也のそばまで歩いて行く。

「仏頂面《ぶっちょうづら》は相変わらずだなぁ！　元気だったかい？」

背中に腕を回したオリバーを、嵩也が嫌そうに押しのける。

「お前は相変わらず距離が近い」

「俺の国ではこんなものだよ。親愛の情さ」

二人の軽快なやりとりを、雪子はぽかんと見つめた。

いつもは平塚紡績を背負う社長として気を張っている嵩也が、オリバーの前では年相応の青年のような顔をしている。

（旦那様にとって、ロバーツ家の皆様方は、心許せる親しい方々なのですね）

ロバーツ一家は、まるで嵩也のもう一つの家族のようだ。

（もしかして、チャーリーさんは、お義母様を亡くして気落ちしておられる旦那様に心穏やかに過ごす時間を差し上げたくて、私たちを招いてくださったのかしら）

チャーリーの思いやりに気付き、雪子の胸の中が温かくなる。

嵩也にとって特別で大切な人たちに、自分を紹介してくれたことが嬉しい。

にこにこしている雪子に気が付いたのか、嵩也がこちらを向いた。

「雪子。菓子はもうできたのか？」

オリバーとじゃれていた嵩也が、照れ隠しのように問いかける。雪子は、嵩也の照れに気付かないふりをして、

「もうすぐです」

と、答えた。三人の様子を見ていたエミリーが電気ストーブを指差し、嵩也に英語で何か言った。

「焼き上がりや片付けは、エミリーに任せておけばいいようだ。作り方も、あとで書いて渡すと言ってくださっている。行こう、雪子。チャーリーが部屋を用意してくれている」

嵩也がエミリーの言葉を通訳し、雪子を手招く。

雪子はエミリーに礼を言って会釈をすると、嵩也のそばに歩み寄った。

オリバーが胸に片手を当て、芝居じみたしぐさで、先ほどより深くお辞儀をした。

「麗《うるわ》しき東洋のレディ。遠路京都から我が家へお越しいただき、恐悦至極に存じます。どうぞごゆるりとお過ごしくださいませ。神戸でのひとときが、素晴らしきものになりますように」

頭を上げ、にこりと笑う。誘惑するようなまなざしにどきっとして、雪子は思わず、嵩也の背に隠れた。

「あれれ？」

オリバーが拍子抜けした顔をする。嵩也が雪子を庇うように引き寄せ、オリバーに釘を刺した。

「オリバー。滞在中はよろしく頼む。それから、もう一度言うが、雪子は俺の妻だ」

オリバーは微苦笑を浮かべて、肩をすくめた。

「雪子、客室は二階だそうだ」

「はい」

(旦那様……何か、機嫌が悪くていらっしゃる？)

台所を出た嵩也は、むすっとしている。

「旦那様？　どうかなさいましたか？」

不安な気持ちで声をかけると、嵩也は雪子を見下ろし、軽く息を吐いた。

「なんでもない。俺が勝手にもやもやしているだけだ」

（もやもや？）

何に対してなのかわからないが、嵩也の全身から「これ以上聞いてくれるな」という気配が立ち上っていて、詳しくは確認できなかった。

すたすたと歩いて行く嵩也の背中を、雪子は早足で追いかけた。


その日は夕刻から、近所に住むというロバーツ家の知人たちが集まり、ささやかなパーティーが開かれた。

ロバーツ邸の庭には明かりが灯され、テーブルの上には、エミリーが腕を振るった料理と、近所の奥様方が持ち寄った料理が、華やかに並べられている。

楽器のたしなみがあるという紳士たちが奏でる音楽に耳を傾けていると、雪子のもとへ、オリバーが歩み寄ってきた。

「ユキコ！　楽しんでいる？」

「はい。こんなに素敵な集まりに参加させていただいて、光栄です」

堅苦しく礼を言った雪子の反応に、オリバーが笑う。

「今日のパーティーは、タカヤとユキコを歓迎するパーティーだよ。君たちが主役だ。

遠慮はいらない」

「そうなのですか？」

「……というのは建前で、僕たちは楽しいことが好きなんだ。理由を付けては、しょっちゅうパーティーを開いている。だからやっぱり、遠慮はいらないよ」

オリバーが唇に人差し指を当て、悪戯っぽく笑う。少年のような笑顔につられて、雪子も笑った。

「ユキコは、いつタカヤと結婚したの？」

「今年の二月です」

「ふぅん、じゃあまだ、そんなに経っていないんだね。新婚さんだ。タカヤに余裕がないのも、わかった気がするよ」

「余裕……ですか？」

雪子は、オリバーの言葉に首を傾げた。オリバーが、きょとんとしている雪子に顔を近付ける。

「タカヤは、結婚したての奥さんが可愛くて可愛くて仕方ないんだよ」

思ってもみないことを言われて、雪子は目を瞬かせた。

（私が可愛い？）

結婚当初、無視をされていた時よりも、今の嵩也は確かに優しい。けれど嵩也は雪子に対して概ね冷静沈着で、オリバーの言うようなことを考えている風には見えない。

困惑していたら、オリバーの顔がますます近付いてきた。雪子の耳元に唇を近付け、

「疑うなら、見ていてごらん」

と、囁いた。オリバーの息が耳たぶにあたり、あまりの近さに驚いて後退しようとした雪子は、自分の着物の裾を踏みつけた。

「キャッ」

よろめいた雪子を支えようと、オリバーが咄嗟《とっさ》に雪子の腰に手を回し引き寄せる。

「ユキコ！　大丈夫？」

「あ……すみません」

雪子の体は、いつの間にかオリバーの胸の中に収まっていた。嵩也とは違う男性の香りがする。甘く爽やかな香りは、柑橘系のコロンだろうか。

「あ、あの……」

慌てて離れようとしたが、オリバーは逆に雪子の背を抱いた。

「タカヤより先に、僕がユキコに出会っていればよかったのにな」

「残念だったな。雪子と先に巡り会ったのは俺だ」

頭上から声がして、雪子の体がぐいっと後方に引かれた。今度は後ろによろめき、背後にいた嵩也の胸に倒れ込む。

「ははっ、慌てて来たね、タカヤ」

オリバーが、怒る嵩也を見て、明るい笑い声を上げた。

「雪子を誘惑しないでくれないか」

「ごめんごめん。ユキコが可愛くて、つい」

大げさに両手を上げ、オリバーは「許してほしい」と苦笑した。

「それに、久しぶりに会った君も可愛くなっていたから、からかいたくなったんだ」

「可愛い？　それはどういう意味だ？」

眉間に皺を寄せた嵩也に、オリバーが思わせぶりな笑みを向ける。

「今度じっくりと、自分の顔を鏡で見てみたらいいと思うよ」

「……？」

わけがわからないという表情を浮かべている嵩也を見て、オリバーがくすくす笑っている。

「お邪魔虫は退散するよ。パーティーを楽しんで。それじゃ」

オリバーは軽く手を振ると、若い女性たちの輪へと入っていった。すぐに楽しそうな話し声が聞こえてくる。

嵩也は溜め息をついた後、雪子の体を離した。

「雪子。オリバーに何もされなかったか？」

声をかけられ振り向くと、嵩也は心配そうな表情を浮かべていた。

「お話をしていたら、私がうっかり裾を踏んでしまいまして、よろめいたところを、オリバーさんが支えてくださったのです」

抱き留められて驚いたが、オリバーが雪子を助けてくれたのは事実だ。

オリバーの距離が近すぎて困ってしまうが、悪い人でないのはわかる。

（お国柄があるのでしょうね）

オリバーのことを考えていたら、突然、嵩也に両肩を掴まれた。どきっとして嵩也の顔を見上げると、真剣な瞳で雪子を見つめていた。

「お前は隙だらけだ。もう少し警戒心を持て」

「警戒心……？　は、はい」

叱られた気持ちになり、しゅんとしていたら、嵩也は慌てた様子で続けた。

「怒っているわけではない。ただ、雪子が他の男に……」

嵩也の声が途中で止まる。

「私が、なんでしょうか？」

雪子は気になって尋ねたが、言いかけて呑み込んだ言葉を、嵩也は教えてはくれなかった。

「くそっ！」

藤島政雄は、提出された経理資料を握りつぶし、舌打ちをした。

近頃の藤島汽船は業績が右肩下がり。このままでは、本年度も赤字が避けられない。

苛立つ政雄の前で、資料を持ってきた社員が震えている。おどおどしている社員を見て、さらに腹立たしい気持ちになり、政雄は資料を投げつけた。

「無能め。ぼさっと突っ立っていないで、予算の見直しをしてこい！」

社員が社長室を飛び出して行くと、政雄は椅子にどかっと腰を下ろした。

「兄さん。近頃、平塚紡績に優先的に船を回しているでしょう。だから、他の得意先からの売上が落ちていっているんですよ」

応接用の長椅子に座る政雄の弟、藤島勇二《ゆうじ》が、機嫌の悪い政雄に声をかけた。勇二は藤島汽船の副社長として、政雄を支えている。

「そうは言っても、平塚からの支払いは、今や我が社の売上の半数を占めている。あの会社は金払いがいい。他社に回すには、船が足りていないのだ」

「それなら、船自体を増やせばいいんじゃないですか？」

勇二は気軽な口調で言った。

「何隻か新しく船を買いましょう」

「船を買うだと？　そんな予算はない！」

眉間に皺を寄せた政雄に、勇二は余裕の表情を向けた。

「平塚に匹敵する得意先を、もう一社増やせばいいんですよ。千波紡績と取り引きを結びましょう」

千波紡績は平塚紡績よりも規模が大きく、経営状態も良いと聞いている。先だって藤島邸に尋ねてきた千波紡績の副社長、彰一は、新しい工場を建設して最新式の機械を導入してから、生産量が上がっていると話していた。

「売上の少ない会社とは取り引きを辞め、千波と契約を結びましょう」

勇二の提案に、政雄は考え込んだ。

(千波からの申し入れもある。勇二の言うとおり、これは好機だ)

平塚と千波の二社に船を集中させるためには、父の代からの取引先を切ることになるが――

「勇二の意見も一理あるな。売上の少ない会社とは、この機会に取引をやめてもいいかもしれない。もう父は亡くなったのだから、義理立てする必要もあるまい」

政雄の決定に勇二が満足げに頷く。

「そうしましょう。藤島汽船は、今は兄さんのものなんですから」

政雄は、冷ややかな気持ちで勇二を見た。兄を支える良き弟を演じながらも、彼は裏で「いつか兄を出し抜こう」と考えている。藤島家の次男である勇二は、跡取りである政雄ばかりが父に期待され、可愛がられていたことを妬《ねた》んでいるのだ。

(今回は勇二の意見を取り入れるが、お前に主導権は握らせない。藤島汽船の社長は私だ)

表向きは和やかに、今後の方針について兄弟で話し合っていると、秘書が社長室に飛び込んできた。

「社長、大変です!」

「どうした。騒々しい」

「光池銀行が、融資を打ち切ると言ってきました!」

「なんだと!」

思いがけない知らせに驚愕し、政雄が長椅子から立ち上がった瞬間、急に差し込みが起きた。きりきりと腹が痛み、政雄は呻《うめ》き声を上げて長椅子に倒れ込んだ。

「ぐっ……」

ただ事ではない様子に、勇二が血相を変える。

「兄さん? どうしたんです?」

「は、腹が……」

勇二は、社長の突然の体調不良に動揺している秘書を怒鳴りつけた。

「お前、何をしている！　早く医者に連絡するんだ！」

秘書が弾かれたように社長室を出て行く。

「兄さん、しっかりしてください！」

「大丈夫だ、騒ぐな……」

近頃、たまに腹部に痛みを感じることがあった。過労や毬江の離縁による心労のためで、そのうち治るだろうとタカを括《くく》っていたが、このように強い痛みは初めてだ。

政雄は額に脂汗を浮かべながら、長椅子に体を沈めた。


神戸へ滞在している間、雪子と嵩也は、海岸通りを歩いたり、港の見学に行ったりと、休暇を楽しんだ。エミリーからは、スコーン以外の菓子の作り方も教わった。嵩也に誘われ立ち寄った輸入食料品店では、嵩也からたくさんの製菓材料を買ってもらった。

神戸旅行は、まぎれもなく二人の新婚旅行だった。

幸せな気持ちで京都へ戻り、京都駅に降り立った二人は、駅前で人力車を拾った。

「俺は一度、会社に寄ろうと思う。雪子はこのまま家に帰れ」

「はい」

途中まで一緒に人力車に乗り、平塚紡績の本社前で嵩也が先に降りた。雪子に手を振り、嵩也がビルに入ろうとした時、物陰から飛び出してきた少年がいた。

少年は嵩也に駆け寄ると、手に持っていた小刀を突き出した。気配に気が付いた嵩也は咄嗟に避けたものの、刃がシャツの袖にかすり、ぱっと血が飛んだ。

嵩也は僅かに目を細めたが、そのまま少年の手首を掴むと、地面に組み伏せた。雪子は血相を変えて、人力車から飛び降りた。

「旦那様！」

叫びながら駆け寄ろうとした雪子を、

「雪子！　危ないから来るな！」

と、止めた後、嵩也があらためて少年を見下ろす。しっかりと押さえつけられ、身動きができない少年は、悔しそうに顔を歪めた。

「お前、何者だ？　なぜ、俺を襲った？」

嵩也の問いかけに、少年は喚《わめ》いた。

「ねえちゃんは、平塚紡績に殺されたんだ！　だから、ここの会社の奴を、殺してやるって決めたんだ！」

「ねえちゃんが殺された？　どういうことだ？」

「ねえちゃんは、平塚紡績っていう会社の工場で働くって言って、村を出て行った。紡績工場はとてもいいところで、お給料もたくさんもらえるんだって、仕送りするねって言っていたのに、手紙とお金が届いたのは数回だけで、あとは連絡も来なくなって……。そうしたら、この間、小さな包みだけ届いた。……ねえちゃんの骨だったよ！」

（なんてこと……！）

少年の悲痛な叫び声を聞き、雪子の胸が痛んだ。

「紡績工場から逃げてきたっていう、他の家のねえちゃんが言ってた。工場は本当にひどいところで、女工さんたちは、朝から晩までこき使われてるんだって。あんな地獄にいたら、死んでも当然だって！　ねえちゃんは工場に殺されたんだ！」

騒ぎに気が付いたのか、周囲には野次馬が集まり始めていた。

俥夫《しゃふ》が巡査を連れて走ってくる。雪子が動転している間に、呼びに行ってくれたようだ。

巡査が嵩也から少年の身柄を引き受けた。暴れる少年に手を上げようとしたので、嵩也が急いで止める。

「待て！　乱暴なことをするな！」

少年に向き合い、嵩也が、

「おい、少年。お前の名は、なんという？　姉の名は？」

と尋ねると、少年はぎらぎら光る瞳で嵩也を睨み付けた。

「おれは川中大吾《かわなかだいご》だ！　ねえちゃんはキヌだよ！　お前、おれたちの名前を忘れるなよ！　絶対に仕返ししてやるからな！」

憎々しげに宣言した少年を、巡査が引きずるようにして連れていく。

騒動が収まり、野次馬が散り始める。

「旦那様！」

雪子は急いで嵩也のそばへ駆け寄ると、腕をとった。

「血が出ています……！」

胸元から手巾《ハンカチ》を取り出し、嵩也の傷を押さえながらも、手の震えが止まらない。

「心配するな。かすり傷だ」

「で、でも……早くお医者様に診《み》ていただかなければ……」

おろおろする雪子に、嵩也が何度も「大丈夫だ」と繰り返す。

平塚紡績本社ビルから多岐川が出てきた。二人の姿に気が付き、走り寄ってくる。

「表が騒々しかったので様子を見に来たのですが、何があったのですか？　――社長、お怪我を？」

驚いた多岐川に、嵩也が「かまうな」と言うようにひらりと手を振る。

「小刀で切られただけだ」

「なんですって？　すぐに応急処置を……！」

「大げさだ……」

嵩也はやれやれと溜め息をつきながらも、シャツの袖をまくり、自らの怪我の様子を見た。出血箇所を確認し、軽く眉を上げた。

「思ったより切れている。気が張っていたんだろうな。意外と痛くないものだ」

「旦那様っ」

のんきなことを言う嵩也を、雪子は半泣きになりながら見上げた。雪子を落ち着かせるように、嵩也が優しく頭を撫でる。

「雪子は心配しなくていい。――多岐川、話がある」

嵩也は厳しい表情で多岐川に視線を向けた。

「はい」

「川中キヌという女工が、平塚紡績の工場で働いていたか調べてくれ」

「かしこまりました」

「紡績工場は地獄……か」

ぽつりとつぶやいた嵩也を見て、多岐川が目を伏せる。

（地獄？）

不穏な言葉を聞き、雪子の胸に不安が広がる。

（平塚紡績の工場は地獄のようにつらい場所だと言うの？）

嵩也がそんな会社を経営しているとは思いたくない。雪子は胸の前でぎゅっと手を握った。

巡査を連れて来た俥夫を振り返り、嵩也が声をかける。

「お前、世話になった上に、さらに頼んで悪いが、妻を邸まで連れて行ってくれ」

通常の乗車賃より多い駄賃をもらい、俥夫は嬉しそうに嵩也の頼みを請け負った。

「おおきに、旦那。かしこまりました」

「雪子、先に帰っていなさい」

本音では嵩也が心配だったのでそばにいたかったが、雪子は素直に頷いた。

多岐川は、翌日の午前中には、川中キヌが京都市内にある平塚紡績の工場で働いていた事実を調べ上げた。

「ですが、川中キヌはもう平塚紡績京都工場にはいません。長期欠勤により、既に解雇されています」

「どういうことだ？」

嵩也は怪訝な表情で、多岐川を見た。

「どうやら、任期満了を待たずして逃げたようです。半年前の騒動を覚えておられますか？」

多岐川に問われて、記憶はすぐに蘇った。

「誘拐事件か……！」

半年前、平塚紡績京都工場から、複数人の女工が逃げ出した事件があった。

女工を雇い入れる方法としては、会社の社員が募集地へ出向き、直接募集をかける出張募集や、『募集人』という職業者に任せて人を集める、嘱託募集の方法がある。募集人は、女子を紹介すれば、会社から手数料がもらえるのだ。

近頃は、どの工場も人材不足で、こうした地方募集だけでなく、他工場から女工を奪い合うという誘拐じみた出来事も発生していた。そんな中、平塚紡績も他社から狙われ、女工を数人奪い取られたのだった。

平塚紡績の有力な男工を買収し、数人の女工を丸め込んでおびき出し、奪っていったのは競合相手の千波紡績――嵩也はそう確信していたが、証拠がなく、手をこまねいていた。

「女工が足りずに、どこの工場も様々な手段をとって人を集めていますからね……」

「川中キヌも、その時、工場を抜け出して攫《さら》われた女工の一人だったというわけか」

嵩也は社長室の椅子に深く座り込み「ふぅ」と息を吐いて、眉間に皺を寄せる。

「平塚紡績の雇用条件は、他社に比べて良いはずなんですが、彼らは何が不満なのでしょうね……」

やれやれといった表情を浮かべる多岐川に目を向け、嵩也は、悔しい気持ちで答えた。

「隣の芝生は青く見える。うまく言いくるめられたんだろう」

女工になれば稼げる。大きな寄宿舎に何不自由なく住める。学校もあり、教育も受けられる。裁縫、生け花なども習え、花嫁修業もできる。

甘い言葉で女子を惑わし、採用をしても、実際は十二時間労働。休憩時間が決められていても、食事の時以外は、ほとんど休めない。夜勤もある。食費も差し引かれ、手もとに残る給金は少ない。

そんな実情の工場もある中、平塚紡績の工場は基本的に七時間労働とし、食事は会社持ち。休憩室を設けたり、工場内の庭にベンチなどを置いたりして、ゆっくりと休息を取れるようにしている。寄宿舎の部屋は一部屋三人という少なさで、衛生にも気をくばっている。月末には、親元にまとまったお金を送れるだけの給金も支払っていた。

けれど、平塚紡績の工場を抜け出した女工たちは、もっと良い工場があると唆《そそのか》されたて、信じてしまったのだろう。

大吾少年の恨みは、完全に濡れ衣《ぎぬ》だった。

「さて、どうしたものか……」

「警察に確認したところ、川中大吾は、まだ拘留されているようですね」

「………」

嵩也は少し考え込んだ後、立ち上がった。椅子の背に掛けてあった背広を取り上げ、腕を通す。

「多岐川。車を出せ。警察へ行く」

「かしこまりました」

多岐川が一礼する。

有能な秘書を連れ、嵩也は社長室を出た。

警察へ行き、大吾との面会を求める。

巡査に連れられて現れた大吾は、嵩也を見るなり、

「人殺しめ！　俺がお前を殺してやる！」

と叫び、暴れた。巡査が慌てて大吾を押さえる。嵩也は落ち着いた声で尋ねた。

「君は、俺が何者か知って襲ったのか？」

「あの会社で働いてる奴だろ？　そっちの奴もそうなんだな。ねえちゃんを殺した会社の奴は、みんな殺してやる！」

多岐川が眉間を押さえ、大吾少年を睨んだ。

「この少年は、無差別に、我が社の従業員を傷つけようとしていたのですね……」

「それなら、狙いはよかったというわけだな。少年、俺が平塚紡績の社長、平塚嵩也だ」

嵩也が名乗ると、大吾の目が大きくなった。

「お前が親玉？」

「そうだ。少年、お前の姉のことは調べた。お前の姉、キヌは、確かに平塚紡績京都工場で働いていたが、死去する前に辞めている」

「えっ……」

大吾の動きが止まった。

「どういうこと……？」

「半年ほど前、平塚紡績京都工場から数人の女工が逃げ出し、別の紡績会社に誘拐された。その中に川中キヌもいたんだ」

真相を話す嵩也を、大吾が疑いの目で見つめている。

「誘拐を未然に防げなかったのは、こちらの落ち度だ。申し訳ない。だが、川中キヌの死亡と我が社は関係ない」

　きっぱりと言い切った嵩也に、大吾は「嘘だ！」と叫んだ。

「そんな言い訳、信じない！」

　再び暴れ出した大吾の頭を巡査が押さえつけた。多岐川が身を乗り出し、

「乱暴なことは……」

　と、制止しようとする。嵩也がそれよりも早く大きな声を上げた。

「乱暴をするな！」

　巡査の方を向き、

「とにかく、誤解なんだ。俺もこうして無事なのだから、その少年を釈放してやってくれ」

　と、頼む。巡査は厳しい声で嵩也の頼みを却下した。

「お前を殺そうと息巻いている奴だぞ。今度は他の者を襲うかもしれない。身元引受人もいないのに、釈放はできない」

　嵩也と多岐川は顔を見合わせた。嵩也が「なんとかしろ」と目で命じると、多岐川は「かしこまりました」と言うように、一つ頷いた。

「ならば、私が彼を引き受けます」

　多岐川の言葉に、巡査が驚いた顔をする。

「なんだと？」

「しっかりと管理しますので」

巡査は難しい顔をして多岐川を見つめていたが、真面目な表情を浮かべている多岐川と嵩也を信用することにしたようだ。

「では、あちらで話を聞こう」

と、頷いた。


「えっ、あの時の男の子、英美さんのところへいらっしゃるのですか？」

その夜、嵩也から思いがけないことを聞かされ、雪子は驚きの声を上げた。

「ああ。警察に任せておくのも心配で引き取った。多岐川に面倒を見させようと思ったんだが、大吾が荒れてな……。手がつけられないから、英美さんに頼ることにした」

「危険ではないのですか？　英美さんは大丈夫なのですか？」

小刀を振り回すような子を預かっている英美の身が心配だ。

「さすがに、関係のない女性を襲うことはないだろう。実際、連れて行ったら、おとなしくなった。英美さんに姉の面影を重ねたのかもしれない。それに夫の蝶野氏は武芸に秀《ひい》でておられるし、つらい思いをされてきた方だから、人の痛みもわかる」

嵩也からそう聞かされ、雪子は少しほっとしたものの、疑問は残る。

「英美さんは明るくて優しい方です。英美さんのところで、あの子の気持ちが和らぐとよいのですが。それにしても、どうして旦那様を狙うなど……。旦那様が誰かにひどいことをなさるはずがないのに……」

俯きかげんに顔を曇らせた雪子を見て、嵩也の表情が柔らかくなる。

「雪子は俺を信じてくれるのだな」

「もちろんです！」

雪子は強い瞳で嵩也を見た。

「旦那様が人に恨みを買うような方ではないと、そばにいればわかります！」

前のめりになって力説する雪子に嵩也は目を丸くしたが、すぐに「ふふ」と笑い声を漏らした。

「旦那様？」

突然笑い出した嵩也の心中がわからず、雪子の顔に戸惑いの表情が浮かぶ。

「……ありがとう、雪子。心強いよ」

柔らかな嵩也の微笑みに頬が熱を持つ。そんな自分の反応に焦った雪子は、慌てて視線を逸らし、大吾の件に話を戻した。

「だ、大吾さんは、きっと何か勘違いをして旦那様を襲ったのですね」

雪子の勘の良い言葉に、嵩也は感心しながら頷いた。

「大吾の姉は他社に誘拐されたんだ。おそらく、連れ去られた工場で何かあったのだろう」

嵩也から詳しい話を聞き、雪子は驚きと悲しみで胸が痛くなった。

「そのようなことが……。それは、キヌさんも大吾さんもおつらかったでしょう……」

（女工さんは、とても厳しい環境で働いておられるのですね……）

女工の身の上を思い、自分がいかに恵まれた生活をしているのかに気付く。

そのような紡績業界の中で、従業員を思い、働きやすい環境を作ろうと努力している夫が誇らしい。

「旦那様。大吾さんをどうなさるおつもりなのですか？」

このまま、英美の家へ預けっぱなしにしておくわけにもいくまい。

嵩也は頤に指を当て、考え込んだ。

「悩んでいる。大吾がどこの村の子なのか、英美さんたちに聞き出してもらって、送り届けたいとは思っているが、自分のことは話そうとしないらしい」

「そう……なのですね……」

かたくなになっているのだろう。

（大吾さんの誤解を晴らしたい）

雪子は、膝の上で両手を握りしめた。

翌日、嵩也が出勤すると、雪子は外出の準備をし、英美の家へ向かった。英美は撮影所の近く、衣笠に住んでいる。英語を教えてもらっていた時、撮影がないという日に一度だけ、自宅へ招待されたことがあった。

雪子は、平塚邸の最寄り駅から市電に乗り、北野で降りると、英美の家を目指した。

衣笠は、明治の時代に住宅地として開発された。自然が豊かなので、それを好んだ絵描きが多く住んでいるらしい。

遠方に緑美しい衣笠山が見える。のどかな田園風景の中を歩いて行くと、一軒の小さな民家に辿り着いた。

戸を叩き、声をかける。

「英美さん。いらっしゃいますか？　雪子です」

少しの間の後、がらがらと戸が開いた。顔を覗かせたのは、年の頃五十代半ばの男性だ。がっしりとした体格だが面立ちは柔和。英美の夫、蝶野正臣《まさおみ》だった。

以前、英美の家に来た時に会っているので、正臣は雪子を見ると、

「やあ、雪子さん。いらっしゃい」

と、微笑んだ。

「蝶野さん。英美さんはいらっしゃらないのですか？」

正臣が出てきたのだから、きっと留守にしているのだろうと思いつつ尋ねると、正臣は「うん」と頷いた。

「朝から撮影に行っているよ。今日は出番が少ないと言っていたから、もうすぐ帰ってくるんじゃないかな」

「そうなのですね。大吾さんに会いにきたのですが……」

「大吾君か。それならぜひ会ってやってくれないか」

「はい」

雪子の返事を聞いて、正臣が「どうぞ」と促す。

「お邪魔します」

玄関で草履を脱ぎ、部屋に上がる。蝶野家の一階は、三間続きになっている。

「あの……大吾さんは？」

「二階にいるよ」

階段に向かう正臣の後について行く。

狭く急な階段を上がると、板間に出た。二階は、板間を挟んで一部屋ずつの三間だった。片方の部屋の襖が開いていて、画架《がか》が目に入った。こちらが正臣の画室のようだ。

正臣がもう片方の部屋を開けると、大吾の姿があった。畳の上に広げられた活動写真のポスターを熱心に見ている。

夢中になっている大吾の邪魔をしないほうがいいだろうかと、中に入るのを躊躇う雪子に、正臣が囁いた。

「気晴らしになるように、英美が貸したんだよ」

「そうなのですね」

田舎から出て来た大吾にとって、活動写真は、これまでに見たことのない憧れの世界なのだろう。

「大吾君。君に会いたいっていう、お客さんだよ」

正臣が声をかけると、大吾が振り返った。雪子の顔を見て、怪訝な表情を浮かべる。誰だかわからない様子だ。嵩也を襲った時に会っているはずなのだが、必死だった大吾に雪子の姿は見えていなかったのかもしれない。

「川中大吾さん……ですよね？」

雪子は大吾の前に正座をしながら問いかけた。大吾が警戒したように雪子を見る。

「私は平塚雪子と申します」

「平塚……って、ねえちゃんを殺した会社の！」

険しい表情になった大吾に、雪子は、

「平塚紡績で社長をしております嵩也の妻です」

と名乗った。

「お姉様の話を聞きました。お若かったでしょうに……お気の毒なことです」

静かな声でキヌを悼《いた》む雪子に、大吾は憎々しげな瞳を向けた。

「お前らが殺したくせに！　ねえちゃんたちを働かせて、お前らはいい生活をしてるんだろう！」

「落ち着き給えよ、大吾君」

片膝立ちになり、雪子に掴みかかろうとした大吾を、正臣が押さえた。正臣に肩を掴まれながらも、大吾はぎらぎらしたまなざしを雪子に向けている。

「確かに私たちは、平塚紡績の従業員の皆様や、工場で働いてくださる皆様のおかげで生活をしております。けれど、嵩也さんもまた、そんな皆様が豊かな生活を送れるよう、心をくばっておられます」

「嘘をつくな！　なら、なんでねえちゃんは死んだんだ！」

「大吾さんのお姉様は、確かに平塚紡績の京都工場で働いておられましたが、他社に誘拐されて、行方不明になってしまわれたのです」

「あいつもそんなことを言ってたけど、どうせ嘘だろう！　お前らは嘘ばかりだ！」

「嘘ではございません！」

雪子は荒れる大吾に向かって、ぴしゃりと言い切った。雪子の迫力に大吾が息を呑み、動きを止めた。

大吾を押さえていた正臣が口を開く。

「平塚紡績京都工場の労働条件は、勤務時間七時間。休憩も一時間しっかりと取ることができて、毎月の給料の他に賞与も支払われ、退職金もあると聞いている。寄宿舎では一室に同居は三人までと決まっているらしいね」

流れるような口調で話した後、正臣はさらに続けた。

「この労働条件は破格だよ。他社では、十二時間ほとんど休みなしで働かされるところもあるからね。以前、紡績工場で働いていたという女工に話を聞いたことがある。寄宿舎では二十畳の部屋に二十人ぐらいが住んでいて、布団をひっつけ合って眠っていたって。食堂は汚くて、食事は具のほとんど入っていない味噌汁と、漬物、ぼそぼその外米ばかりだったと言っていた。まあ、そんな環境だったら、病気にもなる」

「嘘だ……嘘だ……」

正臣の話が衝撃的だったのか、大吾は弱々しい声で「嘘」という言葉を繰り返した。

「お姉様は騙されて、平塚紡績の工場から連れ去られたのです。けれど……」

雪子はそこで一旦言葉を句切ると、涙を浮かべる大吾の目を見つめた。

「お姉様に危険が及んでいると気付なかった。そのことを、旦那様……平塚は後悔しております。主人に代わりまして、深く……深く、お詫び申し上げます」

畳に手をつき、雪子は額が触れるほど頭を下げた。

大吾は何も言わなかった。

しばらくの間、誰も動かず、言葉を口にしなかった。

どれぐらいの時間が経ったのか、階下から明るい声が響いた。

「ただいまあ！」

英美が仕事から帰ってきたのだ。正臣が立ち上がり、階段に向かって、

「おかえり！」

と、叫ぶ。

「二階にいるの？」

「ああ。雪子さんも来ているよ」

正臣が大吾から離れ、階段を下りていく。

頭を下げ続ける雪子の耳に、大吾の低い声が聞こえた。

「……お前、もうどっかへ行けよ」

雪子がゆっくりと顔を上げると、大吾は膝を抱えて俯いていた。

「大吾さん」

泣いているのか体を震わせている大吾に、雪子は腕を伸ばしかけたが、彼が全身で

拒絶しているのを感じ、手を引いて握りしめた。

まるで、そのまま消えてしまいそうな大吾の姿が、かつて鴨川の上で佇んでいた少年の姿と重なる。

一階へ行くと、先に下りていた正臣と話をしていた英美が振り向いた。

「雪子さん、こんにちは」

「英美さん。お邪魔しております」

「大吾ちゃんに会いに来たのね？　タキ君から、あの子の事情は聞いているわ」

英美が、全てわかっているという顔で雪子の肩に手を置いた。

「かたくなになっているでしょう、あの子」

ふぅと溜め息をつく。

「お姉さんが亡くなったのは平塚紡績のせいじゃないけど、あの子には悪者が必要なのよね。でも、恨みのままに誰かを傷つけたって、お姉さんは帰ってこない。とりあえず、しばらくの間は、あたしたちがあの子を預かるから、様子を見ましょう」

「ね」と、英美が正臣を見上げ、正臣も優しいまなざしで「そうだね」と頷いた。

情の深い夫婦に、雪子は深々と頭を下げた。

「ありがとうございます」

雪子を励ますように、英美が微笑みを浮かべる。

「大丈夫。あの子はきっと素直なのよ。平塚紡績や社長さんに非はないと、わかってくれると思うわ」

「私、明日も大吾さんに会いにきます。平塚紡績への誤解を解きたいというのもありますが、それ以上に、苦しい気持ちを抱えているあの子に、私も何かできないか……と思うのです」

まっすぐな気持ちを伝えると、英美は「そうね」と頷いた。

「そうしてあげて。あの子には今、寄り添ってくれる人が必要だわ」

（私に大吾さんの心を癒やしてあげることができるかわからないけれど、もしかしたら……）

雪子は自分にできる精一杯のことをしようと、心に決めた。


「奥様。今日は何をお作りになっているのですか？」

台所でせっせと菓子作りをしている雪子を見かけ、ミツが近付いてきた。

静が亡くなったので、女中たちは雪子のことを「若奥様」ではなく「奥様」と呼ぶようになっている。

鍋をかき回している雪子の手もとを覗き込んだミツに、雪子は笑顔で答えた。

「レデー・フィンガーです」

「レデー・フィンガー？」

聞いたことのない言葉に、ミツが首を傾げる。

「卵を主とした軽いお菓子で、お年寄りの方や子供も食べやすいのです。こうして、卵とお砂糖を鍋に入れて火にかけ、泡立て器でとろっとするまで温めます」

雪子が説明すると、ミツはふんふんと興味深げに頷く。

「少し湯気が上がってきたら火から下ろして、さらに混ぜます。ちょっと手が疲れるのですけど、ここで休んでは駄目なのです」

右手と左手を入れ替えながら、雪子は素早く泡立て器を回した。

熱が冷め、生地が白く変わると、檸檬液を数滴落とす。

篩いにかけたメリケン粉を入れて、お玉杓子で掻き混ぜる。絞り出し袋に移した後、先端を少し切り、西洋紙を敷いた天板の中に細長く絞っていく。

天板がいっぱいになったら、粉砂糖を上から振りかけ、温めた料理ストーブに入れた。

「焼き上がりまで、少し待ちましょう」

「楽しみです！」

ミツとおしゃべりをしながら数分待った後、雪子は料理ストーブから天板を取り出した。表面は薄く狐色になり、うまく焼けているようだ。

敷き紙のまま板の上に伏せると、刷毛《はけ》にぬるま湯を含ませて、敷き紙の裏を湿らせる。敷き紙から焼き菓子が離れたら、素早く二つずつ貼り付ける。

「これで完成です。一つ食べてみますか？」

「よいのですか？」

弾んだ声を上げたミツに味見を勧める。レデー・フィンガーを囓ったミツの顔が蕩《とろ》けた。

「さくさくしていて、とてもおいしいです！」

「これなら、大吾さんも喜んでくださるかしら……」

雪子は大吾を思いながら、完成したレデー・フィンガーを包んだ。

雪子は菓子を手に、英美の家へ向かった。

今日は出番がないのか、英美は家にいて、訪ねてきた雪子を出迎えた。

「雪子さん、いらっしゃい」

「大吾さんは……」

「二階に引きこもってるわ」

英美が肩をすくめ、弱った顔で微笑む。

二階へ上がると、今日も大吾は活動写真のポスターを眺めていた。

「大吾さん、こんにちは。活動写真に興味があるのですか？」

雪子が声をかけると、大吾は顔を上げ、きついまなざしを向けた。

「あんた、また来たのか」

とげとげしい口調だった。雪子は、拒絶されていることに気付かないふりをして腰を下ろすと、風呂敷包みを畳の上に置いてほどいた。中に入っていたのは、今朝手作りしたレデー・フィンガーだ。

「大吾さんは、甘いものはお好きですか？」

雪子がお菓子の包みを開けると、そっぽを向いていた大吾が、ちらりと目を向けた。見たことのない西洋菓子が気になるようだ。

「私が作ったものですが、よろしければどうぞ」

雪子が差し出したお菓子を、大吾は手で払った。レデー・フィンガーが割れ、畳の上に落ちる。

「仇の作ったものなんか食べない」

「…………」

大吾のきつい言葉に雪子の心が痛んだ。けれど、無理強いするわけにもいかない。

「お気が向かれたら、召し上がってくださると嬉しいです」

雪子はそう言い残し、お菓子を置いて部屋を出た。

階段を降りると、心配していたのか、英美が下で待っていた。

「どうだった？　大吾ちゃんの様子」

無言のまま首を振った雪子を見て、英美が溜め息をつく。

「そっか……。心の傷は深いわね。どうしたら、あの子の気がすむのかしら」

「そうですね……」

雪子も悲しい気持ちでつぶやく。

キヌを攫った千波紡績の外勤係を連れてきて、恨みを晴らさせてあげたらよいのだろうか。外勤係は、たいていは雇われの無頼漢だ。下手に手を出したら、こちらが危ない。それに、恨みを晴らすために相手を傷つけるのは、人道的にも、大吾のためにも、よくない。

「幽霊でもいいからお姉さんが現れて、真実を語ってくれたらいいのにね」

英美の言葉に、雪子ははっとした。

（お姉さんの言葉……真実……真実を知る者）

脳裏に閃くものがあった。

「すみません、私、お暇します！」

「えっ、もう？　来たばかりでしょ。お茶ぐらい飲んでいきなさいよ」

英美が引き留めてくれたが、

「急ぎますので。ごめんなさい」

と、謝って、家を飛び出す。

（旦那様にお会いしないと！）

目指すは、平塚紡績の本社ビルだ。

平塚紡績の本社ビルに入り、ちょうどそばを歩いていた若い従業員を捕まえた。

「平塚の妻の雪子です。夫に会えますでしょうか」

「奥様！」

若い従業員は、以前、多岐川の使いで平塚邸にやって来た営業部の槇下だった。

「どうしてこのようなところへ？」

「事情はまた後で……」

焦っている雪子を見て、ただ事ではないと思ったのか、槇下が表情を引き締める。

「わかりました。社長室へご案内します」

槇下に連れられて社長室へ行くと、嵩也はちょうど多岐川と話をしているところだった。

「雪子！　会社へ来るなんて、どうしたんだ？」

驚いて立ち上がった嵩也に、雪子は早口で謝った。

「お仕事のお邪魔をしてしまい、申し訳ございません。ですが、旦那様にお願いがあって参りました」

雪子の真剣なまなざしに、嵩也の表情が引き締まる。

「聞こう。座りなさい。――槇下、ご苦労」

嵩也が、雪子を連れて来た槇下に礼を言う。槇下は一礼して去っていった。

長椅子に腰を下ろし、雪子は嵩也と向かい合った。多岐川がそばに立つ。

「旦那様。私、大吾さんのご様子を見て考えたのです。大吾さんに、キヌさんの言葉を届けることはできないでしょうか？」

雪子の提案に、嵩也は怪訝な表情を浮かべた。

「ここ数日、雪子が大吾に会いに行っていたことは知っているが、川中キヌの言葉を届けたいとはどういうことだ？　川中キヌはもう死んでいる。死者に語らせることはできないぞ」

嵩也の疑問に、雪子はきっぱりとした声音で答えた。

「確かにそのとおりです。けれど、キヌさんを知る方はいらっしゃいます。私、考えたのですが……」

雪子は嵩也と多岐川に、平塚紡績の工場でキヌと同僚だった女工たちに、キヌが工場にいた時の話をしてもらえないだろうかと提案した。村から一人働きに出てきたキヌは、きっと、大吾や家族を想いながら働いていたに違いない。

「どなたか、仲の良い方がいらっしゃれば、そばでキヌさんの気持ちをお聞きになっていたかもしれません」

「なるほど。いい案だな」

嵩也は雪子の提案に感心したようだ。多岐川を見上げ、命じる。

「多岐川、これから工場へ赴き、川中キヌを知る者を探してきてくれ」

「承知しました」

一礼し、すぐに社長室を出て行こうとした多岐川を、雪子は引き留めた。

「多岐川さん。私もお連れください！」

素早く立ち上がった雪子に、嵩也と多岐川が驚いた顔を向ける。

「雪子も？」

「奥様が直々に行かれずとも……」

「平塚紡績を支えてくださる女工の皆様に、ご挨拶がしたいのです」

多岐川は戸惑っていたが、雪子の真剣なまなざしを受け、嵩也が頷いた。

「なら、行ってこい。多岐川、雪子を一緒に連れて行ってやってくれ」

「よいのですか？　失礼ながら、社長夫人が工場に現れたとなっては、女工たちの反感を買うのでは……」

心配する多岐川に、嵩也は余裕の笑みを浮かべた。

「雪子なら大丈夫だ」

嵩也の信頼に、雪子の胸が熱くなる。

多岐川も思い直したのか「左様でございますね」と頷き、雪子に温かなまなざしを向けた。

「では、奥様を工場へお連れします」

「ああ。頼む」

「お願いします。多岐川さん」

雪子は多岐川に丁寧に頭を下げた。

雪子と多岐川が社長室を出て行くと、嵩也は椅子に座り直し、先ほど多岐川が持って来た報告書に目を落とした。

そこには、多岐川が調べてきた千波紡績の内部事情が書かれている。

（女工たちを唆し、京都工場から奪い取った会社は千波紡績で間違いない。新しい工場のために、人を集めなければならなかったのだろう。実行犯は、雇われの外勤係だ。

千波紡績を訴えても『関係ない』としらを切られたらそれまでだ。脅迫だと言われる可能性もある。だが、多岐川が持ってきたこの情報……利用できるかもしれない）
顋に指を当て、考え込む。
「反撃はこれからだ」
ひとりごち、嵩也は、ふっと口角《こうかく》を上げた。

平塚紡績の京都工場は、広大な敷地の中に建っていた。赤煉瓦造りの建物の周囲には樹木が植えられ、公園のようになっている。多岐川によると、休憩時間は、ここで自由に過ごせるらしい。建物からは、機械音が聞こえてくる。

事務所へ行くと、多岐川は自分と雪子の身分を告げ、仕事をしていた男性従業員に、「川中キヌと寄宿舎で同室だった者を呼んできてくれ」と命じた。本社の社長秘書と社長夫人が直々にやって来たことに驚いた従業員は、血相を変えて事務所を飛び出していった。

雪子と多岐川が応接間で待っていると、しばらくして、二人の女工が従業員に連れられてやってきた。

裾の短い袴を履いて、白いエプロンを着けた女工たちは、おどおどした様子で雪子と多岐川の前に立った。

「田上《たがみ》ハツと、森下《もりした》トシヲです。川中キヌと同室だった者たちです」

従業員が二人を紹介する。ハツは十六歳、トシヲは十四歳の少女だった。

雪子は椅子から立ち上がり、丁寧に二人に頭を下げた。

「平塚嵩也の妻、雪子です」

ハツとトシヲは顔を見合わせ、小首を傾げた。雪子が、自分たちの会社の社長夫人だと気付いていない様子だ。多岐川も立ち上がり、雪子の耳元で囁く。

「女工たちの中には、社長の名前を知らない者も多いのです」

ならば、と、雪子は自分の素性を詳しく説明した。

平塚嵩也が平塚紡績の社長であり、自分はその妻なのだと。

「普段から、一生懸命に働いてくださってありがとうございます」と心から礼を言い、もう一度、深々と頭を下げた雪子を見て、ハツとトシヲは目を丸くした。そばで様子を見ていた従業員も、ぽかんとしている。

「ええと……つまり、あなたは会社の偉い人の奥さんってこと？」

確認するようにハツに問われ、雪子は微笑み返した。

「平塚だけでなく、あなた方も『偉い人』です。あなた方がいらっしゃるから、平塚紡績は成り立っているのだと思うのです」

雪子の言葉に、ハツの頬が赤くなる。トシヲは瞳を潤ませた。

「ありがとうございます。奥様。私、会社の人にそんなことを言われたのは初めてです」

「キヌちゃんもその言葉を聞いていたら、逃げなかったかもしれないのに」

トシヲが悔しそうにつぶやく。

「どういうことですか？」

多岐川の目が、きらりと光った。

「私たち、立場が弱いから、ひどいことを言われることも多くて。トシヲちゃんなんて、最初、時計が読めなかったから、馬鹿だ馬鹿だって言われていたし」

ハツの言葉に、トシヲが悲しい顔で頷く。

「キヌちゃんは要領が悪かったから、よく監督さんに怒られていたよね」

ハツとトシヲの訴えに、従業員が慌てている。

「こらっ！　本社の方にそんなことを……」

止めようとした従業員を、多岐川が手のひらで制した。

「その話、詳しく聞かせてください」

「はいっ」

「もちろんです！」

つらい思いを会社の偉い人に訴えられる機会だと、ハツとトシヲの目が輝く。

多岐川は従業員を応接室から追い出すと、ハツとトシヲを椅子に座らせ、二人からじっくりと話を聞いた。

一時間ほど話をした後、多岐川は眉間を押さえて深々と溜め息をついた。

「労働条件だけ整えても、人間関係が悪くては駄目ですね……。この件は持ち帰って、至急、対策を練ります」

キヌは、監督や台長から目を付けられ、かなりいじめられていたらしい。そんな中でも、田舎の家族のことを想い、頑張っていたという。

けれど、ここよりも待遇のよい会社が人を探していると聞いて、寄宿舎から逃げ出したそうだ。

「キヌちゃんは『田舎には兄弟がたくさんいるから、私が頑張らないと』って言ってたから、もっと稼ぎたかったんだと思う。私たちも、キヌちゃんに声をかけていた男工さんから『いい話があるよ』って誘われたけど、なんだか胡散臭《うさん》いと思って断ったんです」

トシヲの言葉に、雪子の胸は痛んだ。

「大吾ちゃんっていう弟が一番キヌちゃんに懐《なつ》いていたらしくて、いつもその子の話をしていたよね」

「『元気でいるかなぁ』って、心配していたよね」

トシヲとハツが、顔を見合わせて頷き合う。

雪子は身を乗り出し、

「その話を、大吾さんにしてあげていただけませんか。大吾さんは、今、京都にいらっしゃるのです」

と、頼んだ。

「えっ、大吾ちゃん、こっちにきてるの？」

「でも、私たち、まだ仕事が……」

「外出許可を取ります」

多岐川が、すかさず口を挟む。

「お願いします。大吾さんの心を救ってあげてください」

雪子は二人の手を取り、ぎゅっと握りしめた。

多岐川の運転する車に乗り込み、雪子とハツとトシヲは、英美の家へ向かった。初めて乗る自動車に、ハツとトシヲはずっと興奮していた。

衣笠へ着き、英美の家の前に車を停める。音に気が付いたのか、家の中から英美が出てきた。立派な自動車を見て、驚いている。

「雪子さん！　どうしたの？」

「すみません、英美さん。また来てしまって……」

「それは全然いいんだけど……」

「大吾さんはいらっしゃいますか？」

「二階にいるわ。そちらの方たちは？」

自動車から降りたハツとトシヲに目を向け、不思議そうな顔をした英美に事情を話す。

「キヌさんの同僚の方たちだったのね。ぜひ、大吾ちゃんに会ってあげて」

英美に案内されて家に入る。正臣も出てきて、多岐川と女工二人の訪問に驚きながらも「いらっしゃい」と会釈をした。

多岐川は一階で待っていると言い、雪子はハツとトシヲと共に二階へ上がった。

複数の足音に気が付いたのか、大吾は部屋の中で身構えていた。雪子の顔を見て、

「またあんたか」

と、憎まれ口を叩く。後ろにいるハツとトシヲの姿に気付き、怪訝な表情を浮かべた。

「あんたたち、誰だよ」

「あんたが大吾ちゃん？」

「わぁ、キヌちゃんとよく似てる！」

ハツとトシヲの言葉に、大吾が顔色を変える。

「あんたら、ねえちゃんのことを知ってるのか？」

「知ってるよ。だって、一緒に働いていたんだもの」

ハツが大吾に近付き、両手をとった。その途端に、こみ上げるものがあったのか
「うっ」と言って涙を浮かべた。

「ごめんねぇ、大吾ちゃん。ごめんねぇ……」

「なんであんたが謝るんだよ」

大吾の手を離し、目をこするハツに、大吾が動揺した様子で問いかける。

トシヲも大吾のそばへ行くと、ハツと同じように「ごめんね、ごめんね」と謝った。

「キヌちゃんはね、家族のためにもっと稼ぎたいって思って、工場を出て行ったんだ。家族想いで、いつも兄弟たちの話をしてた。大吾っていう弟が自分にすごく懐いていて、いっとう可愛かったって」

「ねえちゃんがそんなことを……？」

大吾の声が震えている。

「キヌちゃん、死んじゃったんだってね。知らなかった」

「私たちがもっと引き留めていたら、そんなことにならなかったかもしれないのに」

後悔している二人を見て、大吾の体が震えている。目から大粒の涙がこぼれた。

「あんたたちのせいじゃないよ……。ねえちゃんが俺たちのために、自分で選んだんだ……」

堪えきれないように、トシヲが大吾を抱きしめた。大吾もトシヲに抱きつき、声を上げて泣いた。

部屋の隅で三人の様子を見ていた雪子も、もらい泣きをする。

しばらくの間、三人は抱き合いながら、涙を流していた。

三人が落ち着いた頃を見計らい、英美が、雪子が作ったレデー・フィンガーとお茶を持って二階へ上がってきた。

瞼を真っ赤に腫らした三人を見て、優しく微笑む。

「泣いて、お腹が空いたでしょ？　お菓子を食べたらどう？」

お盆に載せたお菓子を、座り込む三人の前に差し出す。

「これなぁに？」

「見たことないわ」

レデー・フィンガーを不思議そうに見ているハツとトシヲに、英美が声をかける。

「このお姉さんが作った西洋のお菓子よ」

英美が、部屋の隅に座る雪子を手のひらで指し示した。

「西洋のお菓子？　手作り？」

「すごい！」

ハッとトシヲが感心したまなざしで雪子を見る。

「食べていいのですか？」

「どうぞ。食べていただけると嬉しいです。お口に合えばよいのですが」

雪子が勧めると、ハッが先にお菓子に手を伸ばした。ぱくりと囓り、頬に手を当てる。

「おいしい〜！」

慌ててトシヲも手に取り、口に入れる。

「さくさくしてて、とってもおいしいです！」

目をきらきらさせて感動した顔をしている。二人に笑顔が戻り、雪子はほっとした。

ハッとトシヲの様子を見て、大吾もおずおずとお菓子に手を伸ばした。レデー・フィンガーを摘まみ一口囓った後、目を丸くして残りを一気に口に入れた。もう一つ掴んで、ぱくりと食べる。

「甘い……」

いつの間にか、大吾の表情は和らいでいた。

英美が雪子を振り向いた。にっこりと笑っている。

雪子も微笑み返し、楽しそうにお菓子を食べる三人を見つめる。

(甘いもので、少しでも三人の心が癒やされたら……)

そう願いながら、日々一生懸命働いている女工たちと、姉を亡くし、つらい経験をした少年を見守る。

窓の外では、既に夏の日が暮れていた。


多岐川に送られて自宅へ帰ったのは、すっかり暗くなってからだった。

いつもは嵩也を迎える雪子が、今夜は嵩也に迎えられた。

「おかえり。雪子」

「ただいま戻りました」

嵩也に微笑みを向けると、雪子の表情で全てを悟ったのか、嵩也も笑みを浮かべた。

「夕餉ができている」

「はい」

嵩也と共に食堂へ向かう。

今夜の献立は、ハモの湯引きだった。

嵩也に英美の家での出来事を報告しながら、大吾の平塚紡績への誤解が解け、よかったと思うと同時に、キヌの想いに切ない気持ちを抱く。

元気のない雪子を見て、嵩也が箸を置いた。

「雪子。お前が気にする必要はない」

「ですが、旦那様……あまりにも……あまりにもキヌさんが気の毒です」

「川中キヌと他の女工たちを攫った会社はわかっている。このままにはしない。大吾にも充分な金を持たせて、無事に田舎へ帰す」

嵩也の力強い言葉に、思わず潤んだ目元を袖で隠す。

嵩也が手を伸ばし、雪子の手を握った。瞳を覗き込み、安心させるように微笑む。

(旦那様は、本当に情け深いお方です)

嵩也に嫁いでよかったと、雪子は心から思った

第五章 秘密

大広間に楽団の演奏が響いている。きらびやかな夜会の雰囲気を感じ、毬江は浮き立つ気持ちを抑えられなかった。

(夜会なんて久しぶり)

しかも今日の夜会は千波家の主催だ。千波紡績に関係する取引先の重鎮が集まっていると聞いている。

何やら、重大な発表もあるとか。

(重大な発表って何かしら。お仕事のことなら関係ないわね)

政雄に連れられて来たものの、難しい話には興味はない。毬江の横で政雄は知人と「最近の繊維業界は――」「海外輸出は――」などと話しているが、聞いていてもよくわからない。

(いい加減に飽きてきたわ。早くお話が終わらないかしら。千波様を探しに行きたいのに)

彰一を見つけたら、優雅に挨拶をしよう。そうしたらきっとダンスに誘われるに違いない。

喫茶店でデェトをして以来、彰一から連絡はないが、仕事が忙しいのだろう。今日はよい機会だ。

「皆様、今日はお集まりいただき、ありがとうございます」

張りのある声が大広間に響いた。招待客の視線が集中する。挨拶をする老齢の男性の横に立っているのは彰一だ。毬江は一瞬目を輝かせたが、その隣に楚々とした少女の姿を見つけ、怪訝な気持ちになった。

（あの女、誰よ？）

「日頃から大変お世話になり、不肖ながら千波壽治《としはる》、千波紡績の代表として、皆様に深く感謝申し上げます。そんな皆様に、今日は大切なお知らせがあり、今日の夜会を開かせていただきました」

招待客は一言も聞き逃すまいとするように、壽治の言葉に耳を傾けている。

壽治は、彰一の隣に立つ少女に目を向けると、晴れやかな声で告げた。

「このたび、孫の彰一と、城之内《じょうのうち》子爵家の令嬢、美代《みよ》さんとの婚約が決まりました」

会場がどよめき、拍手が起こる。

「なんとめでたい」

「子爵家と良縁を結ぶなど、さすが繊維業界屈指の千波紡績ですな」

方々から感心の声が上がる中、毬江は呆然とした表情で彰一と美代を見つめた。

微笑み合う二人に腹が立ち、毬江はつかつかと歩み寄ると、

「どういうことですの！」

と、彰一に食ってかかった。彰一が毬江を見て「おや」という顔をする。

「毬江さんも来てくださっていたのですね」

「お相手がいるなんて、おっしゃっておられなかったではありませんか！」

「えっ？」

彰一はきょとんとした後、すぐに吹き出した。

「もしかして、期待をさせていたのでしょうか？　平塚紡績の社長に嫁いだ妹さんのお話を聞いてみたくて、一度お誘いしましたが、それだけで勘違いされるとは思いませんでした」

彰一の隣で、美代が「くすっ」と笑った。勝ち誇るような表情にカチンと来て、毬江の表情が鬼女のように歪む。

「淑女がなさる顔ではありませんね、毬江さん。もっと良い笑顔で、この場を楽しんでください。新しい出会いもあるかもしれませんよ。行きましょう、美代さん」

美代の背中を軽く押し、彰一が歩み去っていく。

取り残された毬江は、両手を体の横で強く握り、唇を噛みしめた。

（どうしてわたくしばかりこのような目に遭うの。それもこれも、雪子のせいだわ。

あの子がわたくしの代わりに平塚に嫁いだから！　平塚家で贅沢な生活を送るのは、わたくしのはずだったのよ！）

最初から平塚嵩也のもとへ行けばよかったと、後悔が胸に沸き起こる。

ふと、考えが浮かぶ。

（そうだわ！　今から代わればいいのよ。雪子は離縁して、わたくしが平塚家に入る。本来の形に戻るだけだわ）

最高に良い案だ。

（わたくし、なんて賢いのかしら）

自画自賛する毬江の口もとには、笑みが戻っていた。

「融資の打ち切りに加えて、慰謝料ですと……？」

藤島汽船の応接間で、光池重忠と向かい合っていた政雄は愕然とした。

重忠は厳しい表情で政雄を見つめ、重い口調で告げた。

「毬江さんは利昭の名誉を傷つけた。我が家に多大な損失も与えた。さすがに看過《かんか》できなくてね」

「毬江が使ったお金ならば返します。ですが、それ以上は何卒……」

頭を下げる政雄を見て、重忠は溜め息をついた。

「娘同様、厚顔無恥すぎやしないかね。藤島君。——失礼する」

冷たくあしらい、さっさと応接間を出て行った重忠を見送る気力もなく、政雄は長椅子に身を沈めた。

(毬江の奴め、余計なことをしおって……!)

望まれて嫁がせたはずなのに、どうしてこうなったのか。

(それもこれも、毬江が我《わ》が儘《まま》放題にふるまったから……)

千波彰一といい雰囲気になったと話していたから、もしやと期待していたが、それも毬江の勘違いだった。

しかも、先日、千波紡績から「取引の話は白紙に戻したい」と連絡が来ていた。父の代からの取引先とは、契約を終了する方向で話が進んでいる。今更、手のひらを返したところで、信用は取り戻せない。

目論見《もくろみ》が全て外れ、忌々《いまいま》しい気持ちで長机を叩いた政雄は、以前にも感じた胃の痛みに襲われ前屈みになった。

「ぐっ……」

腹を押さえる。冷や汗が浮かんでくる。

「私は……まだやれる。藤島汽船はまだ……」

(雪子がいる。雪子を使って平塚に金を出させるんだ)

痛みで意識が遠のく中、政雄はもう一人の娘の顔を脳裏に思い浮かべた。


父が倒れたと藤島家から連絡があり、雪子は慌てて実家へ向かった。

「これは……どういうことでしょう……」

久しぶりに藤島邸を訪れて驚いた。美しく整えられていた庭園には雑草が生え、玄関には蜘蛛の巣が張っている。女中と使用人の数も減っているようだ。

案内する者もいないまま、父の寝室へ向かう。

扉を叩いて「雪子が参りました」と声をかけると、中から弱々しい返事があった。

「おお、雪子か。入りなさい」

そっと扉を開け、室内に入る。政雄は青い顔で寝台に横になっていた。

「お父様、お体の具合はいかがですか?」

心配な気持ちで近付くと、政雄は横になったまま雪子を見上げた。

「大事ない。それよりも雪子、平塚家ではうまくやっているか?」

「はい。旦那様はとても優しくしてくださいます」

思っていたよりも父の体調は安定しているようだとほっとして、笑顔で答えると、政雄も笑みを浮かべた。

「それはよかった」

父の優しい表情が、かつて西洋料理店で幼い雪子に向けてくれた表情と重なり、懐かしい気持ちになる。

「旦那様が、幼い頃にお父様と一緒にお食事をした西洋料理店に連れていってくださったのです。ロールキャベージをいただいたのですが、とてもおいしくて、懐かしくて……。お父様とお母様と三人で過ごしたあの日のことは、今でも私の大切な思い出です」

いつか機会があれば、父にこの話をしたいと思っていた。藤島家で頑張ってこられたのも、あの思い出があったからだ。

けれど、微笑みを浮かべる雪子を見て、政雄は怪訝な顔をした。

「西洋料理店？　どこのことだ？」

「えっ……」

（お父様は、覚えていらっしゃらない……？）

動揺する雪子にかまわず、政雄は続けた。

「そんなことよりも、お前が嵩也君に大事にしてもらっているようで安心したよ。ならば、嵩也君に伝えてくれないか。藤島汽船に融資をしてくれないかと」

「融資……ですか？」

雪子は戸惑った。平塚紡績は現在、藤島汽船の船舶を多数使用している。多額の支払いをしているはずだ。それに加えて、融資とは。

媚びるように口角を上げつつも、政雄の瞳は、雪子に有無を言わせないと伝えている。

(私が、会社のお金に関して口を挟むわけには……)

雪子は意を決し、父の頼みを断った。

「それは、私の口からは申せません」

政雄の眉が跳ね上がる。部屋中に響く大きな声で雪子を怒鳴りつけた。

「雪子！　父の言うことが聞けないのか！」

父の怒りの形相に、雪子の体がびくりと震える。

「いいか。必ず嵩也君に頼むのだぞ！　藤島汽船に融資をしてくれと！」

「……お父様、それはできかねます……」

再度、雪子は父の頼みを断った。

情の深い嵩也は、雪子が頼めば、妻の実家を助けてくれるかもしれない。けれど雪子は、嵩也が平塚紡績を大切に思い、身を粉にして働いていることを知っている。亡き養父の意志を継ぎ、平塚紡績を大きくするために、嵩也は幼少期から努力をしてきたのだ。足を引っ張りたくない。父に頼まれても、これだけは譲れない。

かたくなな雪子に業《ごう》を煮やしたのか、政雄はさらに怒鳴り散らした。

「親不孝者め！　誰が育ててやったと思ってるんだ！　お前を平塚家へ嫁がせたのは、藤島家のためだ！　お前はおとなしく親の言うことを聞いていればよいのだ！」

（お父様……変わってしまわれた）

母と共に西洋料理店で食事をした思い出が、再び心に浮かぶ。幼い雪子に優しい言葉をかけ、金平糖を渡してくれた父の微笑み……。

藤島家に引き取られた後も、父だけは雪子を人間として扱ってくれた。

——本当に？

雪子の心に疑問が芽生える。父にとって雪子は、道具にするためだけに引き取り、育てていた存在でしかなかったのではないだろうか？

悲しい気持ちで唇を震わせていた雪子は、さらなる父の言葉で衝撃を受けた。

「やはり、お前のような傷ものではなく、最初から鞠江を平塚に嫁がせておけばよかった！」

「傷……もの……？」

思わず、自分の腕に触れる。

父は継母と義姉の虐待に気付いていたのだ。二人の不満を自分から逸らすために、雪子がいたぶられていても庇わなかったのだと気づき、悲しみで心が冷えた。

雪子は目をつぶると、震える唇で小さく息を吸い、吐いた。心を決めて目を開ける。

「……私を育ててくださったこと、心から感謝いたします。お父様、さようなら……」

喚き散らす政雄に向かい、雪子は丁寧に一礼した。

「雪子、待て！　必ず平塚から金を引き出せ！　わかったか！」

政雄の言葉を背中で聞き流し、雪子は寝室を出た。

涙がこみ上げてくる。

「うっ……」

目頭《めがしら》を押さえながら階段を下りると、

「雪子」

と、名前を呼ばれた。腕を組んで廊下に立っていたのは毬江だった。

「毬江さん」

雪子の心に、父に抱いたのとはまた違う感情が沸き起こる。

毬江の暴言が、静が体調をくずす原因となったのだ。

雪子は固い表情で義姉に目を向けた。

義姉を責めようか。……けれど、そうしたところで、静は戻ってはこない。

雪子が黙っていると、毬江が、つかつかと近付いて来た。雪子の姿を、頭の先からつま先まで見回す。雪子は、毬江が見ているのは、雪子の召し物や指にはめられた結婚指輪だと気が付いた。

毬江は、雪子に向かって、にっこりと笑いかけた。雪子は警戒の気持ちで身構えた。

「雪子、あなた、実家に帰ってくるからって、無理をして良い着物を着てきたのね。その指輪の貴石は本物なの？　姑の遺品でも借りてきたのかしら？　見栄を張っているらしい子。だってあなたって、平塚の家で女中働きをしているのでしょう？　卑しい血筋のあなたには、それがぴったりよね。あなたみたいな女が、平塚様のような、立派な殿方の妻になど相応しくないわ」

雪子は、毬江の言葉にどきりとした。

（妻として、相応しくない……）

先ほど父に「傷もの」と言われたことを思い出す。雪子と嵩也の距離は以前より確実に近付いていたが、未だ夫婦らしいことは何もない。毬江の言うように、雪子は、妻としての役目を果たせてはいない。たとえ、嵩也に求められたとしても、この体では応えられない。

雪子の動揺に気が付いたのか、毬江が勝ち誇った表情を浮かべた。

「わたくしのほうが平塚様の伴侶として相応しいわ。きっと平塚様も、あなたに不満を持っているはず。あなたは美しくないもの。傷だらけの醜い体では、平塚様をご満足させることはできないでしょう？　早く離縁をお願いしなさい。そうしたら、わたくしがあなたの代わりに平塚家に嫁いであげる。愛しい妻の実家ですもの、藤島汽船に融資もしてくださるでしょう。お父様も喜ぶわ」

静を傷つけたことを忘れたかのように、いけしゃあしゃあと言う毬江に、雪子は怒りを感じた。

「旦那様は っ……」

言い返そうとした時、

「雪子」

名前を呼ばれて、雪子は言葉を呑み込んだ。

驚いて振り返ると、そこにいたのは嵩也だった。

「旦那様！」

「呼んでも誰も出てこないので、勝手に入らせてもらった」

嵩也は厳しいまなざしで毬江を見つめた。

「平塚様！」

毬江が鼻にかかった声を上げ、優雅なしぐさでお辞儀をした。

「いらっしゃいませ」

嵩也は毬江を無視し、雪子のそばへ歩み寄ってくる。

「旦那様、どうしてここへ？　お仕事はどうされたのですか？」

戸惑いながら尋ねた雪子に、嵩也は優しい微笑みを向けた。

「今日は実家に行くと言っていただろう。心配になったので、仕事を早く切り上げて迎えに来た。さあ、帰ろうか」

「せっかくいらしてくださったのですから、お茶でも飲んでいかれては」

そう勧める毬江を、嵩也は冷たいまなざしで睨んだ。

「結構だ。それから、一言、言わせてもらおう。傲慢《ごうまん》なお前を妻に迎えるなど、世界の滅亡と引き換えに選べといわれても、絶対にごめんだ」

「なっ……」

大げさな譬《たと》えに、毬江が息を呑む。

「俺は、どんな状況でも他人を思いやることができ、心を尽くす雪子に魅力を感じている。俺の妻は、雪子だけだ」

きっぱりと言い切ると、嵩也は雪子の手を取った。優しく引いて歩き出す。

雪子は頬を赤らめながら、嵩也に導かれるままに実家を後にした。

その日の夜、雪子は嵩也の自室に入ってからも、昼間の実家での出来事が脳裏に蘇り、憂鬱な気持ちを拭えないでいた。

『親不孝者め！　誰が育ててやったと思ってるんだ！　お前を平塚家へ嫁がせたのは、藤島家のためだ！　お前はおとなしく親の言うことを聞いておけばいいんだ！』

『あなたみたいな女が、平塚様のような立派な殿方の妻になど相応しくないわ』

政雄と毬江の言葉が、何度も胸を抉る。

優しい父のことを愛していた。けれど、その優しさは嘘で、父は自分を愛してはいなかった。

毬江にいたぶられても、自分は愛人の子なのだから当然だと思っていた。今は、静を死に至らしめた彼女が憎い。

「雪子、どうしたんだ？」

先ほどから黙っている雪子に気付き、嵩也が心配そうに振り返った。

雪子は口を開きかけ、言葉を呑み込んだ。

「……なんでもありません」

「そうか？」

文机の前から離れ、嵩也が雪子の目の前に移動した。

「お前の姉が、お前にそんな顔をさせているのか？」

嵩也は藤島邸で「妻は雪子だけ」と言ってくれたが、自分と嵩也の間に夫婦としての関係はない。

それに、親不孝者で、血を分けた義姉にも憎しみを抱いている自分は、嵩也に相応しい妻だと思えない。

(私は、体だけでなく、心までもが醜い——)

自己嫌悪に陥り、自然と視線が畳に向く。

嵩也が雪子の頬に触れた。そのまま上向かされる。嵩也の顔が近付いてくる。

(旦那様?)

戸惑いつつも動かないでいると、嵩也は雪子の唇に自分の唇をそっと重ねた。

初めてのくちづけに、雪子の胸がとくんと鳴った。

「雪子」

嵩也が耳元で囁いた。

「お前は俺の唯一の妻だ。お前がそばにいてくれたから、母が亡くなった時も立ち直れたんだ」

(旦那様……!)

嵩也の本音を聞き、雪子の心が嬉しさで震えた。それと同時に、申し訳なさで胸が苦しくなる。

自分は嵩也が妻に望んだ藤島の嫡子ではない——それを告げてしまったら、用なしだと思われないだろうか。今、向けてくれる愛情も、消え失せてしまうのではないだろうか。

「本当にそうお思いですか……？」

不安な気持ちで尋ねたら、嵩也は雪子の頬を両手で挟み、もう一度くちづけた。

「ああ。そう思っている。雪子が許してくれるなら、その証を刻ませてほしい」

嵩也の唇が首筋に移動する。手が雪子の寝間着に触れている。

雪子はされるがままに嵩也に身を委《ゆだ》ねていたが、胸元まで襟を開いた嵩也の手が、ぴたりと止まった。雪子の体を見て、怪訝な顔をしている。

（やはり……）

雪子は悲しい気持ちで嵩也を見つめた。瞳に涙が浮かぶ。

自分の体は傷だらけだ。

火傷の痕。切り傷の痕。

胸元、背中、腕。

このように醜い体を見れば、嵩也の気持ちは冷めるのではないかと恐れていた。

雪子は嵩也を突き飛ばすようにして立ち上がった。乱れた襟を掴み、かき合わせる。

そのまま、部屋を飛び出していく。

嵩也は追ってはこなかった。

近頃、雪子と嵩也の間に、ぎくしゃくした雰囲気が漂っていることに気付き、平塚家の女中や下男たちは心配をしていた。

台所で、食材の確認をしながら、ミツがつぶやいた。

「最近、奥様と旦那様のご様子がおかしいですよね」

サトも眉間に皺を寄せて囁く。

「すっかり仲睦まじくなっていらっしゃったのに、この間から、よそよそしいわよね」

「けんかでもなさったのかしら」

ふみが腕を組んで考え込んだ時、台所に雪子がやって来た。三人の女中たちは、慌てて会話をやめる。

「そろそろ、夕餉の支度をする時間ですね」

雪子に声をかけられ、三人は「はい」と返事をした。

「奥様、今日は、秋茄子《なす》が届いています！」

自分たちがしんみりしていたことに気付かれないようにと、ミツが明るく雪子に話しかける。

ミツの言葉に、雪子が両手を合わせた。

「旬《しゅん》ですものね。焼きましょうか。それとも田楽にしましょうか」

三人で仲良く夕餉を作り、嵩也の帰宅を待ったが、一向に帰ってくる気配がない。

「旦那様、お帰りが遅いですね……」

心配そうな雪子を見て、女中たちも不安になる。

「まさか事故に遭われたとか……」

ミツが縁起でもないことを言い、ふみが、

「ミッちゃん！」

と、すぐに注意をした。ミツが慌てて両手で口を押さえる。

「大丈夫ですよ、奥様。きっとお仕事が立て込んでおられるんでしょう。先に夕餉をお召し上がりになってください」

サトに慰められ、雪子は弱々しく微笑んだ。そんな雪子の様子を見て、女中たちの胸が痛くなる。雪子は、敬愛する大切な奥様なのだ。

食堂に向かった雪子の背中を見て、

「奥様のあのような姿、見ていられないわ……」

ミツが激しく上下に頷いた。

「しばらくの間、私たちがご様子をよく見ておきましょう」

サトの言葉に、ふみとミツも「そうですね」「はい！」と同意した。

嵩也が帰宅せず、雪子は心臓が潰れるような気持ちで、一晩を過ごした。

翌朝起きて自室に戻り、身支度をしていると、物音が聞こえた。廊下に出てみれば、昨夜と同じ背広姿の嵩也がいる。まっすぐに自室に向かっているようだ。

（もしかして、朝帰りをなさったの？）

戸惑いながら見つめていると、雪子の気配に気が付いたのか、嵩也が振り向いた。

不安な表情を浮かべる雪子に、真っ先に謝罪をする。

「おはよう、雪子。昨夜は帰れず、すまなかった」

「お仕事がお忙しかったのですか？」

雪子の問いかけに、

「そんなところだ」

という答えが返ってくる。

（きっとお疲れでしょう。今日も出勤されるのかしら）

心配していたが、朝餉の後、いつものように多岐川が嵩也を迎えにきた。

「行ってくる」

「いってらっしゃいませ」

嵩也の様子は、普段と変わらない。

その日を境に、嵩也は、時々外泊をしたり、夜遅く帰ってきたりするようになった。

「今日もお仕事がお忙しいのですか？　どうか、お体に気をつけて……」

一応、遅くなりそうな日は出がけに教えてくれる。嵩也曰《いわ》く、新しく紡績工場を建てるので、その打ち合わせや現場の様子を確認するための出張らしい。

けれど、雪子の心はざわついて仕方がない。帰宅が遅くなった日は、嵩也の背広から芳しいお香の匂いがすることに、雪子は気が付いていた。

懐かしい香りだ。——そう……花街《かがい》の香りだ。

（旦那様は、花街に通っていらっしゃる）

気が付いてしまうと、胸は苦しく、不安ばかりが募る。

（お母様は祇園の芸妓だった。そして、お父様の妾だった……。もしかして、旦那様にもそのような方がいらっしゃるのかしら……）

あの夜、自分が嵩也を拒絶したから、愛想を尽かされたのだろうか。

それとも、もっと前から親しい女性がいたのだろうか。

女中たちも何か感じ取っているのか、雪子に同情の視線を向けてくる。それがまた、つらい。

（外に女性を作るのも、男の方の甲斐性でしょう。でも、私だけとおっしゃってくださったのに……）

雪子は、薬指の指輪をなぞり、切なくなる。悔しいというよりも、ただただ悲しい。

夜、同じ部屋で過ごしても、あの日以降、嵩也は雪子に触れようとしない。

(きっと、傷だらけのこの体を厭うていらっしゃるのだわ……)

雪子は今夜も寂しく嵩也を想い、帰りを待ちながら眠った。


雪子が、嵩也の花街通いに気が付き、気を揉んでいたある夜。

嵩也は祇園のお茶屋で浮かない顔をしていた。

目の前で、芸妓と舞妓が踊っている。地方《じかた》の歌が、座敷に美しく響いている。

舞を終えた舞妓が、嵩也のそばへ近付いてきた。雛弦《ひなつる》という舞妓だ。

「旦那はん、しんきくさい顔してはるわぁ。ここは楽しく過ごす場所どすえ」

雛弦が膳の上の徳利《とっくり》を手に取った。嵩也がお猪口《ちょこ》を持ち上げると、白魚《しらうお》の手で酒を注いだ。

「………」

雛弦は十七歳。雪子と同じ歳だと聞いている。丸顔で、あどけない顔立ちが可愛らしい。

「旦那はんのうちを見つめはる目ぇは、ほんまに熱っぽくて、どきどきしてしまいます」

言葉は色っぽいが、雛弦の声音は無邪気だ。

嵩也は冗談を言う雛弦を軽く睨み、うんざりしたように息を吐いた。

「そういう気持ちはない。俺はただ、お前に話を聞きたいだけだ」

「うちは、なんも知りまへんえ」

素知らぬ顔をする雛弦を忌々しく思う。

芸妓の美吉《みよし》は多岐川が気に入っているのか、そばにべったりとくっついている。

（美吉のほうはともかく、雛弦は絶対に雪子を知っているはずだ）

嵩也には以前から雪子について気になっていることがあった。

毬江が放ったという「雪子は卑しい血筋」という暴言、自分が「藤島家の次女で間違いないか」と聞いた時に強ばった雪子の表情、それに彼女が以前口にした「甘いものは、人に癒やしを与えてくれる」という言葉――

（雪子。お前は何者なんだ？）

雪子は何かを恐れている。彼女に聞いても、おそらく教えてはくれないだろう。

嵩也には推測があった。それを裏付けるため、神戸行きや大吾の事件の裏で、多岐川に雪子のことを調べさせていた。

その結果、手がかりが祇園にあることはわかったものの、はっきりしたことは判明しない。業を煮やした嵩也は、自ら花街に通い、雪子の素性に繋がる手がかりを探し始めた。

一見《いちげん》の客に、芸妓や舞妓が情報をくれるわけもない。嵩也は馴染みの芸妓を作り、心を許してもらうよう頻繁に遊び、お花を付けた。

そしてついに、祇園のとある芸妓が漏らしたのは、昔、仕込みの娘が一人、実業家の男に引き取られたという話。その芸妓はそれ以上その話を詳しくは知らなかったが、仕込みの娘が世話になっていた置屋がどこかは知っていて、今は、雛弦という舞妓がいると教えてくれた。

（雛弦なら、何か知っているはず。どうしたら話してくれるのだろう……）

単刀直入に「昔、同じ置屋に、雪子という名の娘がいなかったか？」と尋ねたら、はぐらかされた。

嵩也は多岐川に目配せを送った。多岐川が頷き、美吉に「今日も泊まる」と告げる。

こう外泊ばかりしていると、雪子に心配をかけてしまうが、なんとか雛弦と親しくなりたい。

（下心はない。許してくれ、雪子）

嵩也は心の中で雪子に詫びた。

その日の夜、嵩也と多岐川はお茶屋に宿泊した。

一晩中遊び、疲れたら、芸妓舞妓と共にごろりと寝る。雑魚寝《じゃこね》という風習である。色っぽい出来事が起こりそうなものだが、男は芸妓舞妓に触れてはいけない。男女の関係は御法度《ごはっと》が約束だ。

一晩中、彼女たちを拘束するので、お花の額は多い。芸妓舞妓は仲間でおしゃべりをして気楽に過ごせる上、眠っている間にもお花がつくので喜ぶ。

遊んでいるうちに深夜になり、皆、横になった。すぐに、多岐川と美吉の寝息が聞こえてくる。

(多岐川に付き合わせて悪いな)

遊びとはいえ、仕事のようなものだ。きっと疲れが溜まっているだろう。雪子のこととは別件で、ややこしい仕事も手伝わせている。

(さすがに、俺も疲れた……)

いつの間にか、嵩也はうとうととしていた。

――夢の中で、幼い少女の姿を見た。

芸妓に連れられていた少女が駆け寄ってきて、橋の上で川面《かわも》を覗いていた嵩也に声をかけた。

少女はあどけない顔で小瓶から星の形をした粒を取り出し、絶望の淵にいた嵩也に手渡した。

『おいしいものを食べると、幸せな気持ちになるんやで。そやから、お兄ちゃんも、いっぱい金平糖を食べて、元気出さはって』

小さな手で、慰めるように嵩也のお腹をさすり、

『死んでまうの？　あかん。ぜったいにあかんよ』

と、必死な表情で止める。

（ああ、死なないよ。お前がそう言うのなら、俺は生きる）

幼い少女が、大人になる一歩手前の少女へと姿を変える。

雪が降っている。

あの日、橋の上でも雪が降っていた。

そして、彼女と杯を交わした、あの日にも――

どこからか歌声が聞こえる。

少女の名を呼ぼうとして、嵩也は目を覚ました。

ぼうっとしていると、夢の中で耳にした歌声が、すぐ間近から聞こえた。

横になったまま声のもとに視線を向けると、窓辺で雛弦が外を見ながら小鳥のように歌っていた。美しいが、あまりにも寂しそうな声だったので、嵩也はしばらくの間、身動きせずに耳を傾けた。

歌を終えた雛弦が、嵩也のほうを向いた。

「旦那はん、起きてはりましたん？」

にこりと笑う雛弦は、嵩也が起きていたことに、とっくに気付いていたという表情を浮かべている。

嵩也は立ち上がり、雛弦のそばへ近付いた。隣に腰を下ろす。

「……何を考えていた？」

そっと問いかけると、雛弦は小さく微笑んだ。

「ふふ。たあいないことどす。──うち、そろそろ水揚げの時期なんどす」

思いがけない答えを返され、嵩也は戸惑った。どう反応していいのかわからず、無言で雛弦の目を見つめる。

雛弦は、嵩也の反応にかまわず言葉を続けた。

「相手は西陣の大店《おおだな》の旦那はんどす。うちより、えらい年上の旦那はんなんどすえ」

「……嫌なんだな」

気遣いながら問いかけたが、雛弦は軽く首を横に振った。

「嫌というのとは違いますなぁ。ここではそれが普通やさかい。ただ、ちょっと羨ましいと思てしまいまして……」

「羨ましい？」

「毎晩、好きでもない舞妓を呼んで、奥さんの秘密を知ろうと、話を聞き出そうとする旦那はんがいはる子が、羨ましいと思たんどす」

「………」

「うちも、そんな風に想われてみたいわぁ」

雛弦はそうつぶやき、微笑んだ。

「妻が隠している秘密を明かそうとするなんて、褒められた旦那ではないと思うが」

「そうどすやろか。好きやから、知りたいと思わはるんやろ？」

眩しそうに、雛弦が嵩也を見つめる。

「旦那はんの奥さんのことを考えてたら、ふと、昔が懐かしゅうなりました。――昔々、うちには仲のええ友達がいたんどす」

雛弦が、ぽつりぽつりと語り出した。

「その子のおかあさんは松宵《まつよい》ていう芸妓はんでした。でも松宵ねえさんは早くに亡くならはりまして、うちもおかあさんがいなかったさかい、その子と励まし合って、舞妓になる修行してたんどす。でもある日、その子は父親やという男はんに、引き取られていきました。うち、寂しゅうて寂しゅうて……。でもちょっと悔しい気持ちもあったんどす。あの子には家族ができた。しかも父親ゆう人は、えらいお金持ちやていう話どしたから、きっとお嬢様になって、贅沢な暮らしをさせてもらえるんやろなて思いました」

「それが、雪子なんだな」

嵩也が確認すると、雛弦は「さあ？」とわざとらしく首を傾げた。

「雪子ていう名前の子は知りまへん。うちの友達は、ゆきというんどす。ただ、後で、ゆきを引き取った男はんは、藤島さんていう船の会社をしてはる人やて聞きました」

（ようやく繋がった）

嵩也は膝の上で手を握った。

「でもうちは、ゆきのことが心配にもなったんどす。藤島さんには奥さんがいはって、娘さんもいはると聞いたんどす。義理のおかあさんは、妾の娘であるゆきを可愛がってくれはるんやろか、て……」

雛弦が悲しそうに目を伏せた。

――雛弦の不安は的中したのだ。

嵩也は、雪子の体に残っていた傷痕を思い出した。毬江の態度を見れば、雪子が藤島家でどんな扱いを受けていたのかなど、すぐにわかる。

「話してくれて感謝する」

深々と頭を下げた嵩也を、雛弦はすぐに、

「顔を上げておくれやす」

と、促した。視線を戻すと、嵩也の唇を雛弦が人差し指で押さえた。

「うちが話したって、内緒どすえ」

雛弦の美しい微笑みに、祇園で生きる女性の矜持《きょうじ》を見たような気がして、嵩也は目を細めた。


庭に面した座敷に通され、嵩也はこの立派な邸の主《あるじ》が姿を現すのを待った。

何度ここへ通い、門前払いをされたかわからない。

邸の主が諦めの悪い嵩也に根負けしたのか、今日、初めて邸内へ入ることを許された。

「こんにちは。平塚様」

襖が開き、老齢の婦人が姿を現した。白髪を上品な日本髪に結い、地味だが質の良い着物を着ている。この邸の女主人、千波百々子《ももこ》だった。

百々子は嵩也の前に腰を下ろすと、

「懲《こ》りずに、何度もいらっしゃいますこと」

と呆れた視線を向けた。

「このたびはお目通りが叶い、嬉しく思います。千波百々子様」

嵩也は深く一礼した。百々子が、平塚紡績の若き社長の人となりを確かめるように目を細める。

「あれだけ通われては、会わないわけにもいかないでしょう。私は小野小町《おののこまち》ほどひどい女ではなくてよ。用件は何かしら？」

単刀直入に尋ねられ、嵩也は背筋を伸ばした。この婦人に、回りくどい説明は逆効果だと察する。

「不躾なお願いとは存じますが――」

嵩也が端的に提案すると、百々子の眉がぴくりと動いた。

「確かに不躾ですわね」

「千波紡績の上層部の事情は存じております」

百々子のまなざしが鋭くなる。

「そして、あなた様がそれに不満を感じておられることも」

「まあ……どうやってお調べになったのかしらね」

食えない笑みを浮かべる百々子に、嵩也は真剣な瞳を逸らさない。

「私にお任せくだされば、あなたの望みは叶います。私に賭けてみませんか？」

「……若造のくせに、大きな口を叩くのね」

百々子は嫌みな口調で言い返したが、すぐに表情を和らげた。

「そういう目をする子は嫌いではありませんよ。——考えてみましょう」

百々子はふと、美しく整えられた庭園に目を向ける。

「長月《ながつき》ももうすぐ過ぎるというのに、まだ蝉が鳴いているわ」

つられて嵩也も庭に視線を向けた。

「ええ、そうですね」

「早く静かになればよいのに」

百々子は遠い目をして、そうつぶやいた。


雪子が嵩也の花街通いに気付いてから、ひと月が過ぎた。

「奥様、多岐川さんがお見えになっています」

洗濯をしていた雪子は、サトに声をかけられ手を止めた。

「多岐川さんが？」

襷《たすき》を外しながら玄関へ向かうと、多岐川が一人で立っていた。

「多岐川さん。どうなさったのですか？」

「社長がご自宅に書類を忘れたそうで、取りに参りました。文机の引き出しにまとめてしまっているとのことでしたが、ございますでしょうか」

そう尋ねられ、雪子は慌てて嵩也の自室へ向かった。文机の引き出しを確認すると、確かに書類が入っている。

急いで玄関に戻り「これでしょうか」と多岐川に差し出す。

多岐川は内容を確認すると「これです」と頷いた。

「ありがとうございます。午後の会議で必要なものだったので、助かりました。奥様。それでは失礼いたします」

一礼し、去って行こうとした多岐川を雪子は思わず呼び止めた。

「多岐川さん！　お待ちになってください！」

「はい？」

多岐川が足を止め、振り返る。

「旦那様のお仕事は……今も、とてもお忙しいのですか？」

そうであってほしいとの願いを込めて問いかける。

多岐川を見つめる雪子の瞳に悲愴な想いを感じ取ったのか、迷う様子を見せながらも、多岐川が口を開いた。

「お忙しくはありますね。今は、重要な案件を抱えておりまして」

「そうですか……。近頃、お帰りが遅いので心配しておりました。旦那様に、どうかご無理なさらずとお伝えください」

ほっとしながら、多岐川に伝言を託す。花街通いをしているのではという疑いは杞《き》憂《ゆう》だったのだ。

「確かに社長は忙しくされてはおりますが……。お帰りが遅くなるのは仕事とは別件でして」

多岐川が続けた言葉に、雪子の胸がどきんと鳴った。

「えっ」

息を呑んだ雪子を、多岐川はまっすぐに見つめた。

「社長は、連日、祇園に通っておられました」

「……！」

予想どおりだった。雪子の表情が悲しさで歪む。

「……そう、でしたか……」

（やはり、祇園に好《す》いたお方がいらっしゃったのですね……）

雪子は項垂《うなだ》れた。裏切られた気持ちで胸が苦しい。

「奥様、ご心配なさることはありません。今はもう、祇園通いはやめておられますよ」

多岐川にそう言われても、過去に通っていた事実は変わらないのだから、なんの慰めにもならない。

多岐川は落ち込む雪子に、さらに言葉をかけた。

「社長の名誉にかけてお伝えします。奥様がご心配なさるようなことはございません。社長は、あることを調査しておられただけです」

「調査？」

雪子は顔を上げ、目を瞬かせた。

「はい。その内容は私から申すのは憚《はばか》られるので、直接社長にお聞きください」

「……？」

判じ物めいた多岐川の言葉に、雪子は首を傾げた。

「それでは、私は急ぎますので」

多岐川が一礼して去って行く。車のエンジン音が聞こえた。

雪子は狐につままれたような気持ちで、しばらくの間、玄関に佇んでいた。

その日の夜、嵩也は外泊せずに帰宅をした。忙しいというのは本当のようで、今日は特に疲れているようにみえた。

自室へ入り、背広を脱ぐ嵩也の手伝いをしながら、雪子は悩んでいた。

（多岐川さんは、旦那様に直接聞いてくださいとおっしゃっていた。お伺いしてもいいものかしら……。でも、今日はお疲れのようだし……）

多岐川は、嵩也の祇園通いは、雪子が心配しているような理由ではないと言う。

（好いたお方がいらっしゃるわけではないの？）

黙り込んだまま、背広を衣桁に掛けている雪子に嵩也が声をかけた。

「雪子。どうかしたのか？」

「えっ」

「何か、聞きたそうな顔をしている」

「………」

どうやら、雪子の迷いは顔に出ていたようだ。

雪子は思い切って嵩也に尋ねた。

「旦那様。最近、外泊をされているのは出張ではありませんよね……？　花街へ……行かれているのではありませんか？」

おそるおそる嵩也の表情を窺う。嵩也は、雪子に花街通いについて聞かれるとは思っていなかったのか、目を見開いていた。その顔を見て「やはり嘘をつかれていたのだ」と衝撃を受ける。

雪子は嵩也に背を向けた。そのまま部屋を出て行こうとした雪子の腕を、嵩也が掴んだ。

「待て、雪子」

雪子は嵩也の腕を振り払った。

「離してください」

悲しくて夫の顔が見られない。顔を背けた雪子の肩を掴み、嵩也が自分のほうへ振り向かせた。

「お前は何か誤解をしている」

「誤解ではありません！　旦那様は祇園に通われているのだと、多岐川さんから伺いました！」

「多岐川が……？」

「他に好いた方がいらっしゃるなら、そうおっしゃってください」

雪子の声が震えた。そして、気付く。

（ああ、私、いつの間にか旦那様を、とても愛していたのだわ）

「違う！　雪子！　聞いてくれ」

嵩也が焦りの浮かぶ瞳で雪子を見つめた。そのまなざしが真剣で、雪子は動きを止めた。

「俺は調べたいことがあって、祇園に通っていたんだ。お前に本当のことを言わなかったのは……それがお前のことだったからだ」

嵩也の告白に嫌な予感を抱く。

「お前の素性だ。お前は藤島政雄の娘だが、藤島喜代の実子ではないな」

ずばりと真実をつかれ、雪子は目を見開いた。

（ああ、まさか、まさか……）

「お前は、祇園の芸妓、松宵の娘。松宵が亡くなった後、藤島家に引き取られた」

（旦那様に知られてしまった）

目の前が真っ暗になり足から力が抜け、その場に座り込む。

嵩也は祇園で松宵と雪子を知る者を探し出し、話を聞いて回っていたのだ。

嵩也の瞳には確信が宿っている。全てを知った嵩也に、雪子はもう隠し通すことができなかった。

「……はい。おっしゃるとおりです。私は、芸妓の娘……卑しい血筋の生まれです」

震える声で告白をした雪子の前に、嵩也も膝をつく。

「旦那様に嫁ぐのは、華族の血を引く毬江さんのはずでした。でも、毬江さんは光池家のご子息様に見初められて、代わりに私が……。私は偽物の妻です。旦那様……いいえ、嵩也様。どうか私を離縁してください。私はあなた様に相応しくありません！」

悲痛な声音で叫んだ雪子は、次の瞬間、嵩也に抱きしめられていた。

「卑しい血筋であるものか！　芸妓は立派な仕事だ！　松宵はお前を愛し、大切に育てていたのだろう？　雪子はそんな母を尊敬していたのだろう？　そうでなければ、お前が、どんな相手も思いやれる優しい女になるはずがない。お前が卑しいというのならば、かつて物乞いをして生きていた俺のほうこそ卑しい」

「いいえ！　いいえ！　旦那様が卑しいはずなどありません！　お優しいのはあなた様です。そんな旦那様だから、私は……」

それより先の言葉は言えなかった。嵩也が、雪子の唇を塞いだからだ。

息が苦しくなるほどくちづけられる。ようやく唇が離れた時、雪子は思わず熱い息を漏らした。

「雪子、俺はお前が好きだ。愛している。俺にとって、お前以上の女はいない」

「旦那様……」

心からの告白に、雪子の心が震えた。涙がこぼれる。

嵩也は雪子を抱きしめながら続けた。

「お前は覚えているだろうか。——俺は昔、貧しさに耐えかねて、自ら命を絶とうとしたことがあるんだ」

「えっ……」

嵩也は少し体を離すと、驚く雪子の顔を見つめた。

「鴨川に飛び込もうとした時、一人の少女が駆け寄ってきて、俺に声をかけた。そして、大切に手に持っていた金平糖をくれたんだ。『おいしいものを食べると幸せになる』そう言ってな。その時の金平糖の甘さは今でも忘れられない。——一生懸命に俺を止めようとした、少女の顔も」

「その少女は、もしかして……」

雪子には心当たりがある。

自分は昔、自ら命を絶とうとしていた少年に、金平糖をあげたことがある。

「お前だ。雪子」

嵩也が、雪子に優しい目を向けた。

「お前が、俺を生かした」

（ああ、私は、かつて、旦那様と出会っていたのですね）

運命、という言葉が脳裏を過《よぎ》った。

嵩也がもう一度、雪子にくちづけた。

そうっと雪子の体を横たえる。

許しを求めるように雪子の瞳を見つめる嵩也に、雪子は手を伸ばした。

「旦那様……私も、愛しております」

頬に触れ、泣き笑いを浮かべて気持ちを告げる。

嵩也が雪子の帯を解く。雪子は恥じらいで顔を背け、小さな声で懇願した。

「……見ないでください……。私の体は汚いのです……」

「お前の体が汚いはずがあるものか」

開いた胸元に残った傷痕を、嵩也がゆっくりと指でなぞる。

くすぐったさに、雪子は身をよじった。

「この傷も、全てが愛おしい」

嵩也はきっと、雪子が藤島家で喜代と毬江にされてきた仕打ちがわかっているのだろう。雪子が感じた痛みを消そうとするかのように、一つ一つ、傷痕にくちづける。

雪子は、あまりにも幸せだと涙が出るのだということを知った。

——二人はその夜、ようやく本当の夫婦になった。

終章　幸せの在処

嵩也は千波紡績の株主総会で、悠然と椅子に腰を下ろしていた。

目の前にいるのは、老齢の千波紡績社長、千波壽治。副社長、千波彰一。それから、千波紡績の役員たち。

嵩也の隣に座るのは、亡き先代社長の妻であり、壽治の義姉である千波百々子だった。

「千波百々子氏と、氏の考えに賛同する方々が所有していた株のうち一部は、既に我が社が買い取っています」

嵩也の言葉に、千波紡績上層部の面々が一斉に憎々しげなまなざしを向けた。

嵩也は千波紡績の内部事情を探り出し、現在の経営陣に不満を持つ百々子に近付いた。もともと百々子は千波紡績の大株主であったが、女性であることを理由に蔑ろにされ、経営からは遠ざけられていた。平塚紡績が千波紡績を子会社化した暁《あかつき》には、百々子を尊重するという約束で、彼女の持ち株の一部を譲り受けたのだ。その交渉は難航したが、嵩也が何度も百々子を訪ね、頭を下げて、ようやく縦に頷かせた。

「皆様には、速やかに退陣していただきます」

壽治にとっては、寝耳に水の出来事だった。

「御社の社員や従業員は解雇しません。彼らが前向きに働けるように、千波百々子氏と共に改革を進めたいと考えています。だから、あなた方は安心して、この会社を去ればいい」

「平塚……！」

呆然としている壽治の代わりに彰一が嵩也を睨み付けたが、嵩也は余裕の表情で、その視線をはねのけた。

千波紡績は平塚紡績だけでなく、他社の女工も攫っていたらしい。その調べも、既に上がっている。

（因縁云々《うんぬん》を抜きにしても、千波紡績を子会社にすれば平塚紡績の利になる）

恨みだけで、このような面倒くさいことはしない。これで、平塚紡績の業界での地位は上がるはずだ。千波紡績のやり方に不満を抱いていた他社からの信頼も得られるだろう。

嵩也の隣では、百々子が品のいい笑みを浮かべている。

百々子の期待の視線を受けて、嵩也は不敵に笑ってみせた。

それからしばらくして、千波彰一と城之内美代との破談が新聞に報じられ繊維業界はざわついたが、醜聞がそれほど長続きしなかったのは、彰一にとって多少は幸運だったのかもしれない。

体調をくずしていた政雄が死去したのは、年が変わろうかという頃のことだった。政雄が不調に陥ってから、藤島汽船の経営を担っていたのは、副社長の勇二だった。政雄が寝込み、先行きを不安がっていた喜代に近付いて、時に励まし時に金銭を援助し取り入った勇二は、政雄が死去した後、まんまと社長の座に就いた。

調子に乗って事業を多角化させたものの、勇二には商才がなかった。藤島汽船は一気に業績不振に陥り、多額の負債を抱えることになった。

平塚紡績は、勇二にまとまったお金を渡すことを条件に、藤島汽船を買収した。千波紡績を子会社化し規模を大きくしていた平塚紡績には、負債のある藤島汽船を買収しても勝算があるとの考えだった。

藤島汽船が平塚紡績の子会社となり、勇二からの資金援助も途絶え、喜代は慌てた。このままでは生活が破綻すると、喜代は、骨董品や美術品、宝飾品など、値のつくものを次々と売りに出した。毬江は自分の着物やドレスが取り上げられることに抵抗したが、背に腹は代えられなかった。

「お母様、そのお着物も売ってしまうのですか？　おやめください！　そのお着物は、わたくしが一番気に入っているものなのです！」

毬江の箪笥から、めぼしい着物を物色している喜代に、毬江はしがみついた。

「何を言っているの！　売れるものは全部売るのよ！　そうでなければ、わたくしたちは生活ができなくなる。この邸も手放さなければならなくなるわ！」

興奮状態の喜代が、娘の手を振り払う。

（醜いな）

その様子を、部屋の外から嵩也は眺めていた。

藤島邸には既に一人も使用人が残っていなかった。嵩也が訪ねて来ても案内する者はなく、勝手に入らせてもらったのだ。

揉めている母娘は嵩也の来訪に気が付いていない。嵩也は開きっぱなしになっていた扉をコンコンと叩いた。

「失礼」

声をかけられ、喜代と毬江が振り向く。そこに立っているのが嵩也だと気付き、地獄に仏が現れたとばかりに、喜代が駆け寄ってきた。

「平塚様！　どうぞ、わたくしたちに援助を！　援助をお願いいたします！　わたくしたち、このままでは人並みの生活を送れません！」

縋り付く喜代を、嵩也は冷たい目で見下ろした。

「あなたの言う人並みの生活とはなんだ？　立派な家に住み、着飾り、贅沢なものを食べることか？」

嵩也の脳裏に、平塚紡績の工場で懸命に働く男工や女工の姿、従業員たちの姿がよぎる。輿入れしてきた時、痩せ細っていた雪子の姿。それから、子供の頃、食べるものもなく、物乞いをしていた自分のことも——

皆が必死に生きる中、喜代や毬江は恵まれた環境でのうのうと生活し、そのことに感謝をしていなかった。

(それに、彼女たちは雪子をいたぶっていた)

傷だらけの雪子の体を思い出すと、血が沸騰するような怒りを覚える。

嵩也は内心の激情を押し殺し、懐から、折りたたまれた一枚の紙を取り出した。紙を開き、二人の目の前へ突きつける。

「即刻、この邸から立ち去っていただきたい」

母娘は嵩也が何を言っているのかわからないというように呆けた顔をしたが、突きつけられた書類を読んで悲鳴を上げた。

「何よこれ！」

「どうして、わたくしたちが出て行かなければいけないの？」

毬江が激しく怒り、喜代がおろおろとする。

「この邸は競売にかけられることになった」

かつて光池銀行から融資を受けた際、藤島邸は抵当に入っていた。返済不可と見做《みな》され、抵当権を行使し、藤島邸を競売にかけることができるのは、本来は光池銀行のはずだったのだが――

「どうして、この邸が売られなければならないの！」

毬江の悲鳴に、嵩也が答える。

「平塚紡績が光池銀行に藤島汽船の負債を返済した際、抵当権をこちらにいただいた。つまり、今、この邸を競売にかけられる権利を持つのは平塚紡績だ」

「競売なんて嫌よ……。恥だわ！　なぜわたくしたちこんな目に遭うの！」

毬江が嵩也に憎々しげなまなざしを向ける。嵩也は絶対零度の声で返した。

「自分の胸に聞いてみるがいい」

嵩也の怒りを感じ、毬江と喜代が蒼白になる。

「だが……俺とて鬼ではない。素直にこの邸から出て行くなら、お前たちが路頭に迷わない程度には金を出してやる。恥だと言うなら、競売にかけるのも考え直そう」

「そんな……このお邸は、わたくしたちのもの……」

喜代が小さな声で抗議をしたが、嵩也は喜代を睨み付け、

「くどい。とっとと出て行け」

と、とどめの一言を放った。

「お母様！　わたくしたち、これからどうなってしまうのですか！」

甲高い声を上げた毬江は、ふと思い出した。

「ああそうよ、そもそも平塚家との縁談は、わたくしに来たものだったのよ！　わたくしを別の方に嫁がせた、お父様とお母様が悪いのだわ！」

毬江の頬が鳴った。喜代が叩いたのだ。

「あなたのせいよ！　あなたが光池家の息子に色目を使ったから……！」

親子げんかを始めた二人に、嵩也は侮蔑の瞳を向けた。

（どこまでも醜い）

清涼な泉のような、雪子に今すぐ会いたいと思った。


その後、喜代は毬江を連れて実家へと戻った。由緒ある公家華族とはいえ、とうに財政が破綻し没落した家のため、満足な生活は送れていないと聞く――

「旦那様。英美さん、とても素敵でしたね」

新京極の劇場を出た後、雪子は感激した面持ちで嵩也を見上げた。

今日は、英美が出演しているという活動写真を見にきたのだ。

「ああ。美しかったな。彼女が主役を張る日も近そうだ」

「英美さんは素敵な女優さんです。これからますますご活躍なさるでしょうね」

銀幕の中で輝いていた英美を思い返し、雪子は両手を組み合わせた。

英美の出演を夫の蝶野正臣もきっと喜んでいるだろう。

正臣は来年の絵画展に向けて、精力的に絵を描いているのだと英美から聞いている。

大吾は、嵩也からの援助を断り、田舎へ帰るのをやめて、英美の家で居候《いそうろう》をしながら活動写真の撮影所で働き始めたらしい。

「行こう。この後は、西洋料理店で予約を取っている」

雪子と嵩也は肩を並べて歩き出した。

新京極は今日も賑わっている。土産物屋では家族連れが商品を物色し、カフェーへは青年たちが入って行く。

途中、誓願寺《せいがんじ》に立ち寄り、御本尊の阿弥陀如来に手を合わせる。

たらたら坂を上がり、赤煉瓦の建物が建ち並ぶ三条通を、夫婦寄り添って歩む。

ふと、雪子の手の甲と、嵩也の手の甲が触れ合った。

嵩也は一瞬迷うように宙を見た後、雪子の手を握った。雪子の頬が赤らむ。

恥ずかしがりながらも、雪子は嵩也の手を握り返した。

嫁入りしてきた時、嵩也と手を繋いで歩く、こんな日がくるとは思いもしなかった。

「雪子、食事の後は製菓材料を買いに行こう。お前の菓子が食べたい」

嵩也のお願いに、雪子は「はい」と頷いた。

「もちろん、お作りします。何がいいですか？」

「そうだな……。シュークリームが食べたい」

少年のように笑う嵩也を見て、雪子の胸が温かくなる。

「――旦那様の笑顔を見ると、私は幸せな気持ちになります」

「ん？　今、なんと言ったんだ？」

雪子のつぶやきが聞こえなかったのか、嵩也が問いかけた。

「ふふ。家に帰ったら、シュークリームをお作りしますね」

『甘いものは、人を幸せな気持ちにする』

雪子はこれからも、平塚家でお菓子を作り続ける。

番外編　キャラメルの思い出

「いってらっしゃいませ」

「行ってくる」

平塚家の玄関で妻の雪子に見送られ、笑みを浮かべる嵩也を見て、多岐川は微笑ましい気持ちになった。

（社長は本当に変わられました）

以前は常に仕事のことを考えてぴりぴりしていたのに、雰囲気が柔らかくなり、近頃は従業員たちからも「社長に話しかけやすくなった」という喜びの声を耳にする。

車に歩み寄って来た嵩也は、小風呂敷の包みを手にしている。きっと奥方の手作りのお菓子が入っているのだろう。

会社での休憩時間に雪子のお菓子を摘まむのを、嵩也は何より楽しみにしているのだ。

嵩也は雪子のお菓子を滅多に多岐川に分けてくれないが、一度、カレンズケーキというものを食べさせてもらったことがある。干しぶどうの甘みの利いた焼き菓子は、店で売っているものと遜色《そんしょく》のない味だった。

（毎日、奥様においしいお菓子を作っていただいて、羨ましいことです）

　いそいそと鞄に包みをしまっている後部座席の嵩也に目を向ける。すると、多岐川の視線に気が付いたのか、嵩也が顔を上げた。

「……多岐川。何をにやにやしている？」

「社長と奥様は、本当に仲が良くて羨ましいと思っていたのです。――夫婦とは良いものですね」

　思わず、しみじみとした声でそう言うと、嵩也はわざとらしく素っ気ない態度を取った。

「さあ？　普通だろう」

　大したことでもないような口ぶりだが、嵩也が恥ずかしがっていることを、多岐川は見逃さなかった。嵩也の秘書として、一緒にいる時間が長いのだから、彼の心の機微に気付く自信はある。

　多岐川の口もとに笑みが浮かぶ。とはいえ、いつまでも社長をからかっていると怒られそうだ。多岐川は車のエンジンをかけた。

　平塚紡績の本社に向かって車を走らせ始めると、しばらくして、嵩也が多岐川に問いかけた。

「そういえば、お前に結婚話はないのか？」

思いがけないことを尋ねられて、多岐川は目を瞬かせた。

「私に結婚話ですか？」

「ああ。お前は俺よりも年上なのだから、そういう話が来ていてもおかしくないと思ったのだが」

「そうですね。見合い話が来ることもありますが……気乗りがしないので、全部断っています」

「そうなのか？」

意外とでも言うように、嵩也が目を丸くする。

「誰か心に想う相手でもいるとか？」

「うーん……まあ、いるような、いないような……？」

多岐川の脳裏に一人の女性の姿が浮かんだ。

「初耳だ。どんな女性なんだ？」

身を乗り出した嵩也に、多岐川は苦笑する。

「今日はやけに私に興味を持ちますね」

「お前の浮いた噂は聞いたことがないからな」

「浮いた覚えもありませんしね」

よそ見をすると危ないので、正面に目を向けたまま答える。

「これ以上は話す気はないですよ」と言うように、運転に集中している様子を見せていたら、嵩也は体を後部座席に戻した。鞄から新聞を取り出し、読み始める。多岐川の恋愛話に首を突っ込むのを諦めたようだ。

意外と興味津々だった嵩也を意外に思いながらも、「そういえば」と考える。

（私の私生活について、社長にあまり話したことはありませんでしたね……）

上司と部下、仕事関係の間柄なので、特に話す必要もないのだが……。

（少し前まで『女性に冷たい仕事の鬼』との評判だった社長が、愛妻家に変わられるぐらいなのだから、真に心の通じ合った女性との生活は、きっととても幸せなものなのでしょうね）

もし自分が結婚したとしたら、どんな夫になるのだろう。例えば、あの人と――

（振り回されるだけのような気もしますね……。彼女は昔からおきゃんだったから）

そう考えてむなしくなり、多岐川は想像するのをやめた。

（もう叶わない恋を引きずっても仕方ないですね。彼女は他の男性の妻なのですし）

多岐川は自嘲気味に口角を上げた。

車内には、嵩也が新聞をめくる音だけが聞こえている。

「タキ君をいじめるなぁっ！」

「痛っ！　何するんだ、この女！」

「やっちまえ！」

目の前で、幼馴染みの少女と悪ガキ二人の取っ組み合いが始まり、多岐川は蒼白になった。少女はまだ十一歳。少年はそれよりも年上、しかも二人組だ。敵《かな》うとは思えない。

少女の髪を少年の一人が引っ掴み、少女が彼の腕にがぶりと噛みつく。

「いてえ！」

「お前、離れろ！」

もう一人の少年が少女の体を突き飛ばした弾みで、彼が着物の袂《たもと》に入れていたお菓子がバラバラと地面に落ちた。

「キャアッ」と悲鳴を上げて地面に倒れた少女のもとへ、多岐川は急いで駆け寄った。

「英美ちゃん！　大丈夫？」

見れば、彼女は手のひらをすりむいている。

「君たち！　英美ちゃんにひどいことをしないでくれないか！」

キッと少年たちを睨み付けたら、彼らは鼻で嗤った。

「女に庇われて、情けない奴！」

「さっきまで、殴らないで～、許して～って言ってたのにさ！」

確かに、先ほどまで自分は彼らに殴られていた。理由は大したことではない。母親からお使いを頼まれて商店に買い物に行った帰り、近所に住む悪ガキと出会い、すれ違いざまに足を引っかけられて転がされた。買って来た野菜が地面に散らばったので、「何をするんだ」と抗議をすると、「生意気」と言われて殴られた。そこへ偶然通りかかった一歳年上の幼馴染み――島崎《しまざき》英美が駆け寄ってきたのだ。

「別に許してなんて言ってない。僕は、君たちに許されなければならないような悪いことをした覚えはない」

毅然と言い返したら、少年たちは鼻白んだ。

「女がいるからって格好つけてるのかよ！」

「さっきから、女女ってうるっさいわね……！　性別なんて関係ないわ！　かかってくるなら来なさい！」

英美が啖呵《たんか》を切った時、

「おい、そこの子供たち！　何を揉めてるんだ？」

巡回中だったのか、巡査が走ってきた。

少年たちが「やべっ」と言って逃げていく。巡査は悪ガキがいなくなったことで安心したのか、「君たち、気をつけなさい」と多岐川と英美に声をかけて去っていった。

「タキ君、大丈夫？」

英美が振り返り、心配そうに多岐川を見た。腫れた頬に、痛々しそうなまなざしを向けている。

「ちょっと唇を切ったけど、平気」

口の中に鉄の味がするが、僅かなので大したことはないだろう。

「それより、英美ちゃんのほうこそ大丈夫？」

怪我の様子を確認する多岐川に、英美は「舐めときゃ治るわよ」と強がった後、

「タキ君、あいつらに目を付けられて、何度もいじめられてるでしょう。許せない！今度会ったら、徹底的にとっちめてやる！」

と、憤慨した。

勇ましい英美を見て、多岐川は不安になった。正義感が強いのは素晴らしいが、男と女では体格も違うし、英美がけんかで勝つのは無理だ。いつか大けがをしそうで心配で仕方がない。

「僕は大丈夫だから、気にしないで」

「嘘！　いつもやられてるじゃない！」

「うーん、まあ、そうだけど」

おそらく彼らは、年下なのに大人びた多岐川が、気取っているように見えて気に食わないのだ。

「暴力に暴力で返したら、あいつらと同じだよ」

多岐川の言葉を聞いて英美は息を呑み、少しの間の後、

「……確かにそうね」

と、つぶやいた。

「自分でなんとかするから、大丈夫だよ」

多岐川は英美を安心させるように笑うと、散らばった野菜を拾い始めた。

「お野菜、汚れちゃったわね」

手伝ってくれた英美が悲しそうな顔をする。

「洗えば食べられるよ。――ああ、そうだ。これ、お駄賃で買ったんだけど……英美ちゃんにもあげる」

キャラメルの箱から一粒取り出して、英美に差し出す。

「いつもお手伝いをしてくれるから」と、母親が時折くれるお小遣いを、多岐川はせっせと貯めていた。それを使って今日はキャラメルを奮発したのだ。

「えっ、もらっていいの？」

「いいよ。英美ちゃんの勇気に敬意を表して」

英美の手を取り、キャラメルを載せる。自分も一粒紙を剥いて口に入れた。

「甘い」

「本当ね」

キャラメルを舐めながら、二人は微笑み合った。

後日、多岐川は、悪ガキたちをぎゃふんと言わせることになる。

彼らが常習的に菓子屋で菓子を盗んでいることを調べ上げ、その現場を押さえて、店主に突き出したのだ。普段、母親の使いで買い物に行っていた多岐川は、「近頃、いつの間にか店の商品が減っている」と困っていた女将《おかみ》さんの話を聞いて、悪ガキたちを怪しんだのだった。

「悪いことをしたら、罰を受けるんだよ」

そう言ってにやりと目を細めた多岐川を見て、英美は驚いた顔をした後、「あはは」と明るい笑い声を上げた。

「タキ君って、おとなしそうに見えて、案外怖いのね」

「そうかな?」

「将来大物になりそう」

「別にならなくてもいいよ。でも、そうだな……どうせなるなら、大物――立派な人を支える影の参謀になりたいかな」

「そうなの？」

「僕は目立ちたがり屋じゃないんだ」

肩をすくめた多岐川を見て、英美はもう一度、声を上げて笑った。

「影の参謀ってかっこいい！　じゃあ、あたしが大物になるから、タキ君が支えてよ」

その言葉は、きっと軽い冗談だったのだろう。けれど、その時の英美の眩しい笑顔を、多岐川は今でも覚えている。


「タキ君。あたし、外国へ行くわ」

もう大人といっていい年齢になった英美は、京都駅の駅舎の前で、多岐川に向かってそう言った。

ルネサンス風建築様式の木造駅舎から続々と人が出てくる。その流れの中に立つ英美の明るい声は、多岐川にはどこか遠くに聞こえた。

折りしも世間では、有名な西洋画家が病の妻君に隠れて、自分の子供ほどの年齢の娘と不義の関係にあったと非難されていた。妻君はそれを苦にして病状が悪化し、亡くなったそうだ。

「外国って……恋人と？」

「そう。正臣《まさおみ》さんが巴里《パリ》に留学するから、付いて行くことにしたの」

英美はサバサバとした表情で頷いた。

(まさか、本当に西洋画家の蝶野正臣氏と付き合っていたなんて)

英美が妻帯者の妾になっていたとは信じたくなかった。

多岐川の考えを読んだかのように、英美が「ああ、違うの」と軽く手を振った。

「あたしと正臣さんが出会ったのは、正臣さんの奥様がお亡くなりになった後なのよ。ご先祖様のお墓参りに行った時に、奥様のお墓の前で自死しようとしていたあの人と出会ったの。慌てて止めたんだけど、なんだかそのまま放っておけなくなっちゃって、その後もお会いするようになったのよ。彼はね、とても優しい人なの。奥様のことを心から愛している彼が本当に素敵で、あたし、そんなあの人のことを好きになってしまったの」

輝く笑顔で、英美が真実を話す。

(妾じゃ……なかったのか)

彼女が妻帯者と関係を持っていたわけではないと知ってほっとした。

「適当なことを書いている新聞社に抗議しなくていいのかい?」

「別にいいわ。言わせたい奴には言わせておく。あたしたち、何も悪いことをしていないもの。それよりも、外国へ行くのが楽しみで仕方がないの!」

英美は両手を組んで、瞳を輝かせた。

「巴里ってどんなところなのかしら? たくさんのものを見て、たくさんの人と会いたいわ。そのためには、外国語も身に付けないとね」

無邪気にまだ見ぬ地に思いを馳せる英美の姿が眩しくて、多岐川は目を細めた。

かつて英美が「大物になりたい」と言っていたことを思い出す。

『タキ君が支えてよ』

英美がそう言ってくれたから、自分はいつまでも彼女のそばにいられると思っていた。時期が来たら結婚を申し込もうと思っていたけれど――

どうやら遅すぎたようだ。彼女の運命の相手は自分ではなかった。

「……英美ちゃんなら、どこへ行ってもやっていけるよ。応援してる。蝶野正臣氏によろしく伝えて」

「ありがとう！　正臣さんが待っているから、もう行くわ」

英美は明るく笑い、置いていたトランクを持ち直して片手を振った。

背を向け駅舎に入って行く英美を見送っていると、ふと彼女が振り向いた。多岐川に向かって、

「これあげる！」

と言って、何かを放った。慌てて受けとめると、それはキャラメルの紙箱だった。

「じゃあね～！」

大きく手を振って、英美は今度こそ駅舎の中に姿を消した。

手の中に残されたキャラメルを見つめながら、多岐川は、自分の初恋が終わったことを悟った。


「今日の菓子もうまかった。ありがとう」

食堂で夕餉を食べながら、嵩也が雪子に礼を言った。

「今日は焼き菓子以外に、キャラメルも入れてくれていただろう？　雪子の作るキャラメルは、優しい味がして好きなんだ」

雪子は嬉しさで微笑みを浮かべた。

「ありがとうございます」

「多岐川もうまいと言っていた」

「それは、ようございました」

今日は、日頃お世話になっている女中の皆や秘書の多岐川にも食べてもらいたいと、特にたくさん作ったのだ。

昼間、雪子は、女中たちにも焼き菓子とキャラメルをふるまった。

「いつもお世話になっていますし、今日はたんと作りましたので、味見だけでなく、たくさん召し上がってください。マツさんもお呼びして、お茶を淹れて、皆でいただきましょう」

雪子の言葉を聞いて、ミツが、

「奥様、なんてお優しい……」

と感激の表情を浮かべ、

「私たちにもいただけるのですか？」

「とても嬉しいのですが、旦那様のためにお作りになったものなのに……」

サトとふみは恐縮した。

女中たち皆と食堂に集まり、それぞれの好きなお菓子について話しながら、楽しいお茶の時間を過ごした。ミツは子供の頃、母親が作ってくれたぶっかき飴に、マツはお彼岸《ひがん》のおはぎに思い入れがあるのだと言っていた。

昼間のことを思い返していたら、嵩也も何か思い出したのか、煮物を摘まむ箸を止めた。

「そういえば……多岐川が言っていたな。キャラメルは思い出の菓子だと」

「思い出……」

雪子と嵩也にとって、金平糖が大切な思い出の菓子であるように、多岐川にはキャラメルがそうなのだろうか。

「どんな思い出なのかは、教えてはくれなかったが」

嵩也はそう言うと、食事を再開した。

（皆さん、それぞれに、思い出のお菓子があるのですね）

きっと口にするたびに、懐かしさや、切なさや、楽しい記憶を思い出すのだろう。

（旦那様と私の思い出が、これからも増えていきますように）

雪子は心の中で、そっと願った。

《了》

あとがき

こんにちは。卯月みかと申します。この作品をお手に取っていただきまして、誠にありがとうございます。

偶然読んだ、大正時代に刊行されたカフェーのメニューが掲載されたレシピ本がとても面白く、当時に今と同じような料理やお菓子が存在していたのだと知りまして、大正時代のスイーツを作る女の子の話が書きたいと思い生まれたのが、本作品のヒロイン、雪子でした。いきいきとお菓子を作り、周囲の人々を幸せにしていく彼女の頑張りを、見守っていただけましたら嬉しいです。

執筆にあたり、株式会社大丸松坂屋百貨店の長谷川様と谷様に取材をお願いしました。資料を拝見したり、お話を伺ったりと、大変お世話になり、作中の百貨店のシーンにリアリティを出せたのではないかなと思っております（念のために申し上げますと、大丸京都店様を参考にさせていただいておりますが、作中の百貨店は架空の百貨店になります）。長谷川様、谷様、本当にありがとうございました。

また、この作品『京都大正 身代わり花嫁の浪漫菓子』は、『大正身代わり婚～金平糖は甘くほどけて～』というタイトルでコミカライズされております。めちゃコミックク様、でじおとでじこレッド様、瀰様、エブリスタのご担当者様、素敵なコミックにしていただきまして、本当にありがとうございます。
最後に、この場をお借りしまして、装画をご担当くださいましたセカイメグル様、装丁デザインの網野幹也様、担当編集者様、この作品に関わってくださいました全ての皆様に深く御礼申し上げます。ありがとうございました。

卯月みか

《主要参考文献一覧》

『にっぽん台所文化史　増補』小菅桂子著　雄山閣出版
『女工哀史』細井和喜蔵著　岩波文庫
『わたしの「女工哀史」』高井としを著
『「祇園」うちあけ話　お茶屋のこと、お客様のこと、しきたりのこと』三宅小まめ・森田繁子著　PHP文庫
『おばあちゃん伝授の大正ロマンハイカラおやつ』岩崎藤子監修　日本ヴォーグ社
『「カフエー」のぞき　手軽に出来る料理の仕方』村井政善著　嵩山房
『主婦の友8　六月號』「家庭で出来る美味しい洋菓子」金子猛著
『和洋菓子製法』亀井まき子著　博文館

※この物語はフィクションです。
作中に同一あるいは類似の名称があった場合も、実在する人物・団体等とは一切関係ありません。
※本書は「エブリスタ」（https://estar.jp）に掲載されていたものを、改稿のうえ書籍化したものです。

宝島社
文庫

京都大正　身代わり花嫁の浪漫菓子
（きょうとたいしょう　みがわりはなよめのろまんがし）

2024年10月17日　第1刷発行

著　者　卯月みか
発行人　関川 誠
発行所　株式会社 宝島社
〒102-8388　東京都千代田区一番町25番地
電話：営業 03(3234)4621／編集 03(3239)0599
https://tkj.jp

印刷・製本　株式会社広済堂ネクスト

乱丁・落丁本はお取り替えいたします。
本書の無断転載・複製・放送を禁じます。
©Mika Uduki 2024
Printed in Japan
ISBN978-4-299-05436-4